冰冷轉學生

つめたい転校生

北山猛邦
Takekuni Kitayama

徐欣怡　譯

可愛的狙擊手

一見鍾情的感覺，就好像漂浮在無重力的宇宙。

還是因為與他初次相遇的地點，正好是一座攀升中的電梯呢？當時，我的一顆心彷彿真的飛上天際。

那座電梯在大學裡。我在一樓走進電梯，準備前往八樓的研究室。電梯裡原本沒有其他人，就在兩扇門快闔上的瞬間，他閃身滑了進來，手裡提的一個大盒子還差點被門夾住，我趕緊按下「開」的按鈕。

「你沒事吧？」

我出聲問，他神色慌張地低下頭。

「啊，沒事，不好意思……謝謝妳。」

「我也常這樣，像是被電車門夾住。」

我笑著說，心想這樣講他應該比較不尷尬。他大概是不好意思，雙頰都漲紅了，低垂著眼眸。下一刻，又將那張神情似無措又似羞赧，惹人憐愛的臉蛋別過去。

他的靦腆表情令我瞬間落入愛河。

因為他實在太美了。如果在西方的宗教繪畫作品裡，他一定會被畫在神明的旁邊。我這完全不是誇飾法。他是混血兒嗎？自然隨性的栗色捲髮好似濕透般閃耀著光澤，眼眸是深棕色的，娃娃臉，中性氣質，看起來應該是男生，但就算說是女生也讓人無從反駁。個子遠高於我，光看外表有點難以判斷實際年齡。

他纖瘦身軀上的男性深色西裝剪裁合身，領帶綁得結實，那身氣質明顯不同於學生。

「你要去幾樓？」

「那個……跟妳一樣。」

接下來的短短十秒鐘，我們共享了這個狹小的封閉空間。那是我生命中難以忘懷的十秒。他的身上傳來一股甜香，不是香水，是一種我從沒聞過的香味。

一到八樓，他就作勢讓我先出去，才接著走出電梯。我依依不捨地朝他點頭致意，才向前走。回過頭，看見他離開電梯後逕直朝一旁的樓梯走去。目送他的背影越來越遠，心頭泛起一陣酸楚。好半晌，我就那樣佇立在原地，彷彿捕捉著他的殘影。

我踏進研究室時，朋友已經先到了，正在跟這學期一門課的教授聊天。我從教授手中接過資料影本，這一趟的目的便已達成。

我想跟朋友講剛剛遇到的那個男生，打算繼續待在研究室裡，沒想到——

「妳們沒事就快點回去，我還有工作要處理。」

教授卻趕我們走。我跟朋友嘴裡不滿地嘟噥，心不甘情不願地離開研究室。

「啊——啊，妳要是再晚點來，我就能跟教授單獨相處久一些了。拜託妳上道點。」

朋友一開口就先埋怨我。她在大學開學典禮上與教授擦肩而過，立刻就迷戀上對方。這就是所謂的一見鍾情吧？教授的年紀大了她一輪，但她似乎不介意。教授的確為人體貼又充滿知性氣息，渾身散發著乳臭未乾的大學男生所缺乏的成熟魅力，我卻一直沒辦法理解她的心情，不管怎麼看，這份喜歡都來得毫無道理可言。

不過我現在似乎懂了。

「教授說他之後要跟政府高官開會。」

「喔。」

我們一起等電梯，準備搭去一樓。

「好像是對方想請教他對於修正法規的看法，才邀請他。」

「是喔……真厲害。」

「妳怎麼沒什麼精神，發生什麼事了？」

「我跟妳說，剛剛啊！」

我像是終於逮著機會，一股腦將方才遇見那個男生的事描述了一遍。

「我們學校有這種混血兒臉孔的帥哥嗎？」

「嘿嘿嘿，我發現極品了。」

「可是妳不覺得有點奇怪嗎？」

朋友皺起眉頭。

「哪裡奇怪？」

「他為什麼要在八樓下電梯？」

「妳問我為什麼……？」

「八樓是最高層了，但他到八樓也沒做什麼，一出電梯就馬上往樓梯走了，對吧？那他為什麼要來八樓？接著又跑去哪了？這裡已經最高了，不可能再往上走，可是如果他要去下面，一開始就搭到七樓不就得了。」

電梯來了，門打開。

朋友先踏了進去。

「欸，走嘍。」

我依然站在原地，腦袋飛快轉動。

他說不定還在附近。

「不好意思！妳先走。我想去看一下。」

心裡有點忐忑，冒出一股淡淡的懷疑。他是誰？不是學生，應該也不是教師。

我離開原地，直直朝樓梯走去，朋友傻眼的叫喚聲在背後響起，我置若罔聞，只是觀察著樓梯。

這才發現從八樓還能再往上走。

以前都不曾注意，上面多半就是樓頂了吧？

樓頂？

難道他的目的地就是樓頂？

為了確定他去了哪裡，我抬腳走上樓梯。

樓梯的底端迎面就是一扇鑲著玻璃的鋁門。我握住門把，毫無困難地轉開。

高處特有的乾燥風勢撲面而來，這裡果然是屋頂。我環顧四周，空調的室外機好像樂高積木般排成一列。再前面則矗立著巨型的圓筒狀水塔。

我在水塔的陰影處瞧見了他的身影。

就在圍籬外頭。

他背倚圍籬坐著，雙腿懸空，乍看之下就像要摔到底下去。

他該不會是要跳樓吧？

我深怕驚嚇到他，拚命按捺住尖叫的衝動，手摀著嘴觀察情況。

一開始我以為他是想跳樓自殺，不過那張側臉看起來並不沉重，反而流露著幾分愉悅。高樓上的強風吹得他髮絲翻飛，那個畫面一如脫離現實的夢境。

他從西裝口袋掏出一個看似單眼望遠鏡的物體，對準下方看了一會兒，是在觀察街道嗎？

沒多久，他就將望遠鏡收起來。

朝一旁的盒子伸出手。

先開鎖，再掀開蓋子。

接著從箱子裡取出一支棒狀物品，漆黑、細長，外觀形狀十分特殊。

那是什麼？

這時，他忽然抬起頭，轉向這個方向。
我立刻躲起來。
說不定他已經發現我了。
我拔腿就跑，匆忙逃離現場。
一口氣衝下樓梯。
心跳劇烈到胸口都要發疼了。
我心臟怦怦直跳，原因一半是出自於不安，我憂心自己撞見了不該看的場面。然而剩下一半，則百分之百是對那個充滿神祕色彩的男生心動的緣故。
我走出大樓，從稍遠處仰頭看向樓頂，但已不見他的蹤跡。

隔天，我告訴朋友在樓頂上看到他的事。朋友自然是沒有太認真看待我的話。
「應該是去樓頂檢查的師傅吧？」
她撐著臉頰說。
「坐在圍籬外面是要檢查什麼？」
「這世界上需要檢查的項目比妳想像得多很多。」
「是這樣嗎？」
「先不管這個了，我跟妳說教授他啊……」

結果又一如往常，話題被她拉到教授身上。她打算追求到什麼時候？教授自從八年前師母過世後，就不再對任何人敞開心房。特別是對女性。這是教授親口半開玩笑說的，應該就是真的了。可見她跟教授是沒機會的。

沒有回報的單戀。

不過或許她還是比我好。我喜歡的男生是個僅擦身而過一次，連身分都不曉得的陌生人，而且還是一個會坐在樓頂邊緣的怪人。

越是想他的事，我就越是心癢難耐。他到底是誰？在學校樓頂做什麼？當時應該硬著頭皮主動叫他比較好嗎？可是萬一害他從屋頂上摔下去怎麼辦？

我魂不守舍地上完一整天的課，朝車站走去準備回家。

經過站前的派出所時，眼角餘光忽然瞥到一個曾經看過、手提大盒子的西裝男子。

是他！

他目光炯炯地望著派出所裡頭的年輕警察。

我站在遠處觀察。他好似察覺到我的目光，轉向這邊來。在我跟他之間，正要前往車站的人潮川流不息，我從人潮的這一側，大聲向另一側呼喊。

「不好意思！」

他雙眼圓睜，回望著我。

我急忙穿過人群，朝他走近。

費盡九牛二虎之力才來到他身邊。

「我們上次在學校遇過吧？」

「啊……嗯。」

他怯生生地給予肯定答覆。一身西裝打扮，讓他看起來簡直就像祕密組織的特務。FBI？還是CIA？

「你要不要一起去吃蛋糕？這附近的一家咖啡廳現在正好有蛋糕吃到飽的活動，我想找人陪我去，如果你方便的話……」

他顯得有幾分困惑，最終靦腆一笑，點了點頭。

這瞬間我開心得都要飛上天了。他是誰都無所謂，就算他怪怪的，又形跡可疑，但只要一看見他的笑臉，我就什麼都不在意了。

我們在咖啡廳裡吃蛋糕，聊了好久。我實在太緊張了，講話有點語無倫次，只是拚命找話題避免場面乾掉。

「欸，你叫什麼名字？我該怎麼稱呼你好呢？」

我發問後，他先是遲疑似地別開眼，才說：

「……ㄑㄧㄡ。」

「秋？」

他吐出的那個發音聽起來是「秋」，秋天的秋嗎？小秋？他叫小秋嗎？相當符合他的氣質。光是這點小事，就令我莫名欣喜。

接下來，蛋糕吃到飽的那一個鐘頭，轉眼飛逝而過。

面對充滿神祕色彩的他，我有好多問題想問，結果卻只問出一件事，我一直很好奇的一件事。

我指向他的長方形大盒子問他：

「你那是什麼東西？你隨身都帶著走嗎？」

一瞬間，他露出為難的神情。

下一刻又像在掩飾什麼似地揚起微笑，不經意地觸碰盒子。

「這是中提琴的盒子。」

「中提琴……？」

「一種樂器。」

「……這樣呀！好厲害。」

我毫不懷疑他說的話。不由得感到佩服，也有恍然大悟之感。難怪他的手指那麼漂亮，又細又長。他握著咖啡杯的手指十分優美，簡直就像精密機械一般，連一絲晃動都沒有，美好得只應天上有。

「打開給我看看。」

我理所當然地這麼要求。

「那個……我怕琴弦會鬆掉……」

他回應的時候慌張地轉開了目光。

我不會因他不願讓我看裡面就生氣，反倒敬佩他具有專業意識。

不過中提琴到底是什麼樂器？這麼蠢的問題我自然是問不出口，跟小提琴一樣是弦樂器嗎？要是那時我能不怕丟臉追問到底，或許就能更早發現他的真面目。

無論如何，我已經完全相信他就是一位中提琴演奏家了。

我們在咖啡廳前面告別，離開前我成功問到他的電話。不是手機號碼，不曉得是哪一區的市內電話。不管怎樣，只要有電話我就能隨時與他連繫了。

我急忙趕回家，在網路上搜尋中提琴的資料。原來是一種比小提琴大上一號的樂器，跟我原先想像的一樣。我在腦中描繪他演奏中提琴的模樣，實在是太搭了。

我滿心想炫耀跟他的約會，便跟好友分享這件事，未料她卻潑了我一桶冷水。

她說，這人好可疑。

「提著中提琴的西裝男來我們學校要幹麼？」

她的疑問一針見血。小秋是來找演出場地的嗎？但也沒必要特地跑到大樓樓頂，還跨到圍牆外面演奏。雖然我覺得那樣子很帥……不過玩命也該有點分寸。況且那一天他從盒子裡拿出來的東西應該不是樂器，而是一個我看不出是什麼的物品。

「妳跟他能好好聊天嗎？」

「嗯，我們一邊吃蛋糕，一邊聊了好久。」

「真的？妳只要一興奮就會自顧自講個不停，都不聽別人說話。不過至少問到了聯絡方式。妳要不要再多觀察一下？一個不知道到底在做什麼的男朋友，妳也不喜歡吧？」

「男朋友？」

這幾個字一鑽進耳朵，我頓時害羞起來。

「他會願意當我的男朋友嗎？」

「在那之前，妳要先好好了解人家。」

「嗯。」

自那一天起，我就成了專門打探他祕密的私家偵探。或許正因為他是個謎，才誘使我更渴望去了解他的內心。

我跟他約在車站碰頭。出門前挑衣服時，比平常多花了好幾倍的時間。一旦開始在意一個人，光是見個面心裡就七上八下的。

他仍舊一身西裝打扮，手中仍舊提著那個盒子，站在車站前的派出所旁，看起來跟上次一樣在觀察派出所的動靜。

「久等了！」

我故作爽朗地走近。他嚇一跳，渾身震了一下，接著立刻端出天使般的溫和笑靨，向我打招呼。

我半開玩笑地問：

「你很在意那間派出所？」

「沒、沒有。」

他面露苦笑，頻頻搖頭。

「你在協尋通緝犯的海報上嗎？」

「我可沒做壞事。」

如果真是這樣就好。

「今天也去吃蛋糕吧。」

我們走進上次那家咖啡廳，吃到飽的時段已經過了，但我們十分有默契地點了同一款起司蛋糕。

我嘴裡塞滿蛋糕地問他：

「小秋，你喜歡吃什麼？」

「沒有耶。」

「咦？你不喜歡蛋糕嗎？」

「好吃是好吃，但沒有特別喜歡。」

「你真的沒有喜歡的東西？」

「硬要說的話……我喜歡沙拉醬。」

「噢，真叫人意外。你長得實在不像會喜歡沙拉醬的樣子。」

「只是我沒有那麼喜歡加在其他東西上吃。」
「什麼？直接吃嗎？」
「我會裝在盤子上用小湯匙吃啦。」
他半是抗議地如此說明。
後來我們就聊開了，我成功問出許多他的資訊。
他果然不是日本人，來自歐洲一個半島上的小鎮。我的地理慘不忍睹，只大約知道位置在哪裡，差不多在哪一帶。還有，他沒有爸媽。他說自己一出生就沒有父母，也就是說，他一直是孤零零的一個人？
「你幾時來日本的？」
「很久以前。」
「現在是一個人住？」
「對。」
「你靠什麼維生？」
「這個……打工？之類的……」
他伸手去拿砂糖罐。
西裝袖口擦過牛奶罐，打翻了罐子。
「哇。」

他叫出聲。

牛奶在桌面上四處流竄，還沾到他的西裝上。

「啊——糟糕！」

拜託，又不是小朋友了。

「這位客人，還好嗎？」

女服務生趕緊拿濕毛巾過來。

「啊，沒事，我沒事。」

他應話時臉上還掛著平時的和煦笑容。店長聽到聲音也出現了，周遭的客人紛紛望著我們竊竊私語。

「那個……我去洗手間把牛奶洗掉。」

他匆忙朝洗手間走去，一副想盡快離開現場的模樣。大概是想避開四周的視線吧？

女服務生過來將桌面重新擦乾淨。

而我就一個人被留在原地。

忽然，他放在椅旁的中提琴盒擄獲了我的目光。

不可以。

我知道不可以這麼做。

可是我實在控制不住自己的好奇心。

我伸手觸碰盒子，試著提了提把手，頗為沉重。

我抬頭望向洗手間的方向。

他還沒有要出來的跡象。

把手旁掛著一個數字鎖，看樣子是打不開了。我半放棄地輕碰上鎖處，鎖頭居然輕易鬆脫了。他好像忘記上鎖了。這倒是很符合他冒冒失失的個性。

我輕輕打開盒子，緊張得都快不能呼吸了。

周圍的客人看起來並沒有對我的舉動起疑。

盒縫越開越大，漸漸能看清內容物的模樣。

盒裡的物品顯然不是樂器。

至少形狀跟我在網路上搜尋到的中提琴相差太遠了。

看起來像是一把槍。還不是單手就能握住的短手槍，這該不會是槍管較長的來福槍吧？扳機、後面的槍托等，毫無疑問都不是樂器上該出現的零件。

不過外觀長得跟槍又不太一樣。還有一個我好像沒在槍枝上看過的零件，獨立收在另一處，那是一塊弧形的彎曲薄板……

這到底是什麼？

廁所門開啟的聲響傳來，我急忙闔上蓋子，將盒子放回原處。

他回來時已脫去了西裝外套，只剩襯衫配領帶，看來沒有發現我剛才偷雞摸狗的舉動，臉上掛著溫和的微笑。

「剛剛真不好意思。」

「喔、嗯……」

接下來的時間我們兩人繼續聊天，只是聊了些什麼我幾乎都記不得了，對盒裡物品的疑問占滿了我全副心思。

後來我跟朋友提了這件事，我猜想她可能會知道盒子裡的物品是什麼。

我一面回想，一面在筆記本上畫出那個東西。

「這是弩弓。」

朋友立刻說出答案。

「那是什麼？」

「講十字弓妳應該就聽過了吧？一種像手槍一樣，瞄準後扣下板機就能射箭的弓。」

「妳、妳好清楚喔。」

「法規課上講過啊，妳不記得了？」

「啊……」

我、我雖然就讀法學院，卻不是一個用功的好學生。

我側首不解地問道：

「他為什麼會帶著這種東西？」

「我老實講這算是凶器了。殺傷力強大，而且跟手槍不同，發射時無聲無息的。隨身攜帶這種武器的理由肯定非比尋常。」

「凶器……」

朋友的話深深刺進我的胸口。

我該不會無意間發現一個不得了的祕密了吧？

現在想想，我問他盒子的事情時，他一個字也沒有說裡面裝的是樂器，頂多只說那個盒子是中提琴盒，我就擅自認定裡面裝的是中提琴。當然，他可能是有什麼難言之隱，才不能坦白裡面裝什麼物品……？

那一天晚上，我浸泡在熱水裡，腦袋不停轉著有關他的事。在中提琴盒裡裝著十字弓，跑到學校大樓樓頂。他的真面目彷彿墜入五里霧中，我猜不透。

他當時是想要射擊某個人嗎？

等我回過神，才發現我一整天都在想他的事。就算他真的跟什麼壞勾當有牽連，我大概也會接納他的一切。我受他吸引的理由，不光是他的神祕感。他那靦腆的笑臉及惹人憐愛的氣質，我都喜歡得不得了。

那麼冒失的一個人，居然會隨身攜帶凶器，我實在難以置信。

一想到他的事，就忽然又好想見他。一從浴室出來，我就撥電話過去。他馬上就接了，聽起來人在外頭。明明這應該不是手機號碼才對。他身處的地方似乎風勢強勁，說話聲聽不太清楚。
「我先掛了，明天老地方見。」
我原本還有好多話想在電話裡說，只好先全部吞回肚子，掛上電話。
隔天是假日，車站前面人山人海。我就跟往常一樣在車站附近閒晃，一邊等他。他還沒來。目光不經意掃過派出所時，一個身穿粉色蛋糕裙，年紀約莫十歲的女孩子正一臉無助地左右張望。迷路了嗎？
我不免想要關心，便向她搭話。
「怎麼了？發生什麼事了嗎？」
女孩子攤開右手，露出原本緊握在掌心裡的一枚百圓硬幣。
「我在那邊撿到的。」
「這樣呀，那妳拿去派出所好了。要不要姊姊帶妳一起去？」
女孩子點頭。我牽起她的手，走向派出所。
派出所裡的年輕警察正在瀏覽一份看似報告的文件。那位警察外表看起來很年輕，應該才當上警察不久，年紀搞不好跟我差不多。
「這位小朋友撿到錢。」
我將女孩子交給警察，就離開派出所。交給他處理應該沒問題吧？

沒多久，小秋就到了。

他依然是那副西裝打扮，依然提著那個盒子。

我已經知道他並不是中提琴演奏家了。他為什麼要故作這副裝扮？我眼前所見的這個人，難道並非他真實的模樣嗎？

我們在咖啡廳享用蛋糕，天南地北地聊天。我盡量都挑些無關緊要的話題。

大約兩小時後，就揮手告別。

我今天的目的打從一開始就不是要跟他融洽地一起吃蛋糕。

在車站前道別後，我就開始跟蹤他。跟蹤當然不是值得嘉許的行為，不過我實在對他太好奇了，內心的擔憂又總是揮之不去，如果不弄清楚他隱藏的那一面，我就沒辦法安心。

他沒有進車站，英姿颯爽地走在街道上。僅管只是背影，他充滿魅力的身影仍是十分惹眼。

我內心七上八下地跟著前方的背影走，他似乎有一個明確的目的地，腳程很快，我跟得十分吃力。

他轉進一棟百貨公司，是要買東西嗎？他乘著電扶梯一路往上，我保持一段距離緊跟在後。

經過男性服裝區、日常雜貨區、書店及文具賣場後，他抵達了最高樓層。這個樓層都是餐廳。

不過他連看都不看那些餐廳一眼，逕自往最裡面走去，拐進一條狹窄的通道。我怕跟丟，趕緊追了上去。

但等我轉過彎，那裡已經沒了他的人影。

通道底端有一扇門，上面寫著「員工專用」。
他進去裡面了嗎？
還是這就是他之前提過的那份打工？
原來是來這裡打工啊。我決定打道回府。
旋即又改變心意，決定闖看看那扇門。
說不定……我莫名有股預感。
我戰戰兢兢地推開門一瞧，冰涼的空氣朝我襲來。門後是夾在兩個樓層中間的樓梯間，不管往上或往下都是樓梯。
對了，他一定是去樓頂了。
我打定主意，便往上走。
這裡感覺起來一個人也沒有。
再上一層樓似乎是員工辦公室所在的樓層，再往上有一扇鐵門，門上寫著「樓頂」。
我環顧四周，先確定這裡沒有裝監視器，才悄悄打開門。
他就在水塔上面。他的紅色領帶宛如預告災禍的旗幟迎風飄揚。他佇立著，將那個長得像望遠鏡的物體抵在眼睛上。
他維持了這個動作好半晌。到底在做什麼？是在探測距離和風向嗎？還是在靜待目標現身於適當的地點？

我藏身在門後，遠遠觀察他的一舉一動。

不久，他將望遠鏡收進口袋，把那個盒子拉到身旁，從中取出十字弓。

要射了？

他單膝跪地，雙手舉起十字弓，將尖端對準下方，接著便靜止不動，好似在鎖定目標。那副身影有如一尊雕像，是矗立在城裡最高處的藝術作品。

下一刻，我聽到一聲好似揮鞭的聲響。

他射了。

一根發光的箭朝下方射去。我沒看漏那條金色的軌跡。他的的確確扣下了扳機。

啊啊……

我再也看不下去了。

我慌忙轉身，拚命往下跑，衝出百貨公司所在的那棟大樓。

車站前想必陷入了一團混亂吧？

他究竟射了誰？為什麼要動手？被射到的那個人現在情況如何？

然而放眼望去，站前的景象卻與平常毫無二致。

派出所裡的警察也一派悠哉的，看起來不像接到了重大案件的通報，我也沒有聽到警車的警笛聲。

剛剛那個粉色蛋糕裙的小女孩，正朝派出所跑去。

「我又撿到錢了！」

她像是要飛撲到那位年輕警察身上似的，將方才拾起的硬幣拿給對方看。

看來派出所只有收到這種通報而已。我抬頭望向大樓樓頂，想當然耳，他的身影早就消失了。

這件事我真的沒辦法坦白告訴朋友。

有人從大樓樓頂朝街道上射箭，這種事朋友會相信嗎？萬一她信了，搞不好會建議我報警。事情一旦鬧到警察局，他不是本國人，會不會連身分都被挑出來大作文章？也說不定他早就是警方黑名單上的通緝犯了。

譬如恐怖分子。

還是殺手？

那件事發生後已經過了整整一天，不管是報紙或電視新聞，都沒出現有人被箭射傷的消息。是沒有人發現屍體嗎？還是他失手了？

我喜歡上一個麻煩人物了。

如果他真的以殺人為業，那麼他神祕的出身及可疑的舉止，就全都說得通了。

我能夠阻止他嗎？只要那張臉朝我露出微笑，我說不定就會放任他扣下扳機。抑或那張笑臉也只是個謊言？實際上背地隱藏了沾滿血腥的真面目？

與他初遇的畫面驀地浮現腦海。

他跑到學校樓頂是打算射擊某個人嗎？

當時他很可能是察覺到我的存在，放棄了任務。學校周邊並沒有人被箭射中，從這項事實來推論，他的工作應該尚未完成。

說不定他為了狙擊目標，還會再來學校的樓頂。

如果這項推測正確，我搞不好有機會阻止他扣下扳機。

沒錯。

這是阻止他的好機會。

如果是我，一定能夠阻止他。

只是儘管我下定了決心，內心依然滿是惶恐，脆弱地想哭。

隔天起，我就開始在學校屋頂守株待兔。

監視行動的頭三天，我只要一有空，就會坐在通往屋頂的樓梯間等待。這地方沒有學生會過來。通往樓頂的那扇門鎖上了，非學校職員沒辦法打開，但我仍舊不敢掉以輕心，開鎖這種小問題肯定難不倒他。

不過一連好幾天都守在樓梯間發呆，一直這樣下去也不是辦法，我決定換個地點。

照理說他會先搭電梯到八樓，所以我只要等在一樓入口的附近，應該就不會讓他跑掉。從學生餐廳就能一覽無遺入口的情況，我特地挑選了一個可以清楚看見電梯的好位置，從早到晚監視著。

一週後的下午，太陽西下，天色漸暗時。

一個熟悉的身影從入口走進來。

是他！

我連忙離開學生餐廳，追在他身後跑過去。可惜他進的那部電梯，電梯門就在我眼前闔上。就慢了那麼一步。

我只好放棄電梯，朝樓梯走去。

要是慢吞吞的，他就執行完任務了！

我全速奔上樓梯。

他到底打算攻擊這間大學的誰？

我沿著樓梯往上跑時，這個問題不停在腦海中盤旋，突然靈光一閃，想到了某個人。

我修課的那位教授。

他是法學教授，又深受政府高層信賴，甚至還能對立法說上幾句話，萬一有人認為教授的影響力十分礙眼……

我氣喘吁吁，雙腿沉重如鉛，好不容易才爬到最高一層，已經慢了他好久。

輕輕推開通往屋頂的那扇門，我從門縫中望出去。

他坐在跟上次同一個位置，已經架好十字弓。而十字弓的前端，一枝金箭閃閃發光。

啊啊！

他要動手了。

他的手指勾上扳機。

「不可以！」

我衝出門外的那瞬間，他按下了扳機。我清楚看見那道金燦亮晃的箭身，朝下方射出的畫面。

「啊啊，來不及了！」

我雙手抓著圍籬，朝下面望去。

教授果然站在那裡。

「哇，妳怎麼會來這裡？」

他慌張地揮舞雙手，整個人頓時失去平衡，差點從大樓邊緣摔下去。

好不容易站穩身子後，他立刻把十字弓藏到背後。當然，就算他拿到背後，我也早就看到了。

我隔著圍籬質問他：

「你射了？」

他滿臉不解地問：

「妳跟蹤我嗎？」

我絕望地跌坐原地。

「你為什麼要殺教授？」

他雙眼圓睜，困惑地歪著頭。

「咦？」

「誰委託你的？」

「妳是不是……誤會了什麼？」

「誤會？」

「我沒有殺任何人。」

他將十字弓收回盒子，身姿輕巧地翻過圍籬，穩穩落在這一側站定。

「什麼意思？」

「我們先下去再說。」

我跟他一起下樓，再搭電梯。第一次在電梯裡遇見他的情景浮現腦海，頓時感到就算他是殺手，我也不在意。我喜歡他的心情已無法自拔了。

跟在他身後走出大樓，恰巧遇見了朋友，她身旁則站著理應已中箭的教授。

朋友一發現我，就揮手走近，附在我耳邊悄聲問：

「他就是妳口中的那個男生？」

「看起來滿順利的嘛。其實，我剛剛也跟教授告白成功了。」

「咦？」

「我們正要去吃晚餐，只有我們兩個人喔。」

朋友跟教授維持著恰到好處的距離，一同走遠。

這是怎麼一回事？

按道理講，教授根本不可能會接受她。

我回頭看向有著一頭美麗栗色頭髮的他。

而他露出惡作劇似的淘氣笑容。

「要不要去平常那家咖啡廳？我愛上那裡的起司蛋糕了。」

我們默不作聲地走到車站前面，一起進了咖啡廳，又相對無言地一起吃起司蛋糕。

在長長的一陣沉默後，他終於開口了。

「每個人都有命中注定的對象。」

「……嗯。」

「金箭掌管愛情的命運。被金箭射中的人，會愛上中箭後第一個見到的對象。」

「嗯。」

「我……很擅長使人陷入戀情。」

「咦？」

「但我能做的，也只有躲起來偷偷射箭而已。現在這個時代到處都擠滿了人，沒辦法光明正大地射擊。我找不到什麼適合射箭的地點……所以高樓樓頂是個好選項。」

「我是覺得不太可能，可是……你，該不會是……」

讓人衝動墜入愛河的天使。

「邱比特吧？」

「……對。」

他羞澀承認。

難怪他會有一張天使般的笑臉。

「那個……你該不會也射我了吧？」

「沒有。」

「真的嗎？」

「真的。」

「好奇怪，真的沒射我嗎？」

「妳為什麼會覺得我射了妳？」

「因為我喜歡你。」

「咦……？可是……」

「那你要不要現在射我一箭？」

「不、不行啦。」

「為什麼？」

「因為……我、我又不是人類。」

「我不在乎，你討厭我嗎？」

「我不是這個意思……」
「我可以問你一件事嗎？你不能再說謊了喔。」
「好。」
「你背後有翅膀嗎？」
「咦？呃，那個……」
「待會給我看。」
「妳這樣我很困擾！」
找邱比特當男朋友會怎麼樣呢？
交往會順利嗎？
不管怎樣，幸好他不是殺手。

我們離開咖啡廳，在車站前揮手告別。車站前的景色莫名明亮，帶著雀躍欣喜氣息的暖風吹拂過全身。
我看見一個小女孩朝車站前的派出所跑去，將手裡的硬幣交給年輕警察後，就又一溜煙地逃走。
年輕警察旁邊的年長警察雙手抱胸說：
「又是那個小女生啊，每天都跑來說『我撿到錢了』，該不會是暗戀你吧？」
「哪有可能，別開這種玩笑啦。」

年輕警察面露難色地如此回應。

我可是看得一清二楚，從派出所跑開的那女孩臉蛋都一路紅到耳朵了。

這也是他幹的好事嗎？

他今天大概也在某個地方，用那枝具有神奇力量的金箭讓人墜入愛河。

冰冷的轉學生

隔壁班來了一個轉學生。

班上那群男生一聽說是女孩子，就趁下課時間特地跑過去一探究竟。

他們回來後，表示轉學生的分數有「八十分」。班上女生聽了紛紛憤慨抗議，一群「三十分」的傢伙才沒資格給別人評分，兩群人便吵了起來。我則單手托腮凝望著窗外。

放學後，一走出教室，一個從沒見過的女生從眼前走過。飄逸長髮半掩住了她的側臉，儘管只是匆匆一瞥，蒼白的臉頰仍舊令我留下深刻的印象。

她就是大家口中的那位轉學生吧？

她穿著冬季制服。學校應該後天才會開始換季，不過從她轉學的時間點來看，多半是已經買不到夏季制服了。

她步下樓梯，往門口前面的鞋櫃走去。她要回去了吧？我就走在她正後方，簡直就像在跟蹤她，可是我沒有這個意思，就是目的地湊巧一致罷了。她個子雖高，背影卻看起來十分嬌小。

我在大門邊坐下，動手綁慢跑鞋的鞋帶。還沒綁好，她就已經要走出去了。

幾個隔壁班的男生像在追趕她般地大步跑來，甚至顧不得穿好鞋子，腳尖才踩進鞋裡，就慌忙叫住她。

「欸，凌子，我們要去麥當勞，妳要不……？」

「不要管我。」

轉學生回過頭，直接截斷同學邀約的話語，語氣鋒利地好似拿一把小刀直接刺過去。

那群男生頓時不知所措，都沉默了。

他們想跟轉學生搭訕的企圖徹底落空了，滿臉尷尬，快步走出這棟樓門口。

我一邊綁鞋帶，一邊從頭到尾側眼旁觀了這一段插曲。轉學生的態度令人意外。個性再冷淡也要有個分寸。就算跟同學不熟，以後大家也要在同一間教室裡上課，她剛才的反應不會太冰冷了嗎？

「你看什麼？」

她突然看向這裡。

視線銳利。

「很好看嗎？」

她的聲音似乎帶著幾分責備，我別開視線快速回應道：

「沒、沒有，不是……」

真是無妄之災。

——這時，我驀地有種很熟悉的感覺。

好像曾在夢裡見過這個場景。

不對，還是以前曾有過同樣的對話？

在多年前，我還小的時候。

對了，是那時候。

沒錯，當初我跟她相遇時，情況也差不多。
明明是那麼難以忘懷的回憶。
我卻老是困在那段記憶的結尾，幾乎要忘記一切是如何開始了……
就在我沉浸於翻湧而上的回憶時，轉學生不知何時已從我面前離開。
我穿好鞋子，出去張望了一下，不見她的身影。

我記得那是十歲時的事，算起來差不多是七年前了。
我爸媽熱愛露營、登山跟滑雪，反正只要是跟山岳有關的戶外活動，他們都喜歡。一遇上長假，十之八九都要帶我去山上的別墅度假。
但我其實很討厭去山上，討厭得要命。爸媽好像一直以為我跟他們一樣享受山林，然而事實並非如此。我的興趣全都是靜態的室內活動，我只想悠閒地打打電動、看看書。
可想而知，住在深山裡那棟別墅時，我每天要不是體力透支，就是滿心鬱悶。登山和滑雪只讓我覺得很累，根本搞不懂這些活動到底哪裡好玩。待在別墅時既不能找同學玩，還必須應付昆蟲和動物這些嚇死人的生物。結果，我在山上一樣成天窩在別墅裡看書。
最慘的是，爸媽看我一整天都賴在屋裡，反而更積極地帶我去外面轉。到底是多想把獨生兒子鍛鍊成熱愛冒險的活潑少年？

百般無奈之下，我只好去別墅附近的那條河釣魚。

不是我想釣魚，而是只要讓爸媽以為我正熱衷於釣魚，他們就會滿意，也就會安心放我自己一個人。把一個十歲小孩自己丟在河邊，爸媽好像一點都不擔心，但這種時候我倒是很感謝他們的粗神經。我就是想要獨自悠閒地打發時間而已。就這一點來說，釣魚很適合我。

那條河頂多五公尺寬，也不是很深，河面上到處都有表面崎嶇的岩石裸露在外，水流十分湍急。一條在山谷流動的無名小河。水很透明，清澈的程度令人驚喜。

我在岩石堆坐下，將釣魚線拋進河裡，線的底端並沒有綁魚鉤。我曾試著釣過一次，但那條魚被魚鉤刺得流血，看起來好可憐，更糟的是，我根本不知道接下來要怎麼處理牠。後來，我不再釣任何東西。

我就這樣靠著假裝釣魚，度過住在別墅裡的每一天。雖然沒有任何收獲，卻也不會被打擾。很孤獨。

不過，這樣就好。

那年冬天，我們一家也去了別墅度假。我一如往常地垂著沒有魚鉤的釣桿，時而閱讀，時而隨手寫生打發時間。滿山都蒙上一層薄薄的潔白殘雪。這一帶偶爾會積雪高達好幾公尺，不過那一天的雪量偏少。

冬季的河邊實在很冷，不過跟夏天比起來，既沒有我討厭的昆蟲，也沒有那些令人心生畏懼的動物足跡，硬要選的話，我更喜歡冬天。

著。

我穿足了保暖衣物，在岩石堆擺上摺疊椅，坐下，眺望河面。釣魚線底端的浮標順著水流舞動著。

我忽然察覺到一股氣息，抬起了頭。

河的對岸站著一個女孩子。

這座山平常連個人影都沒有，現在突然出現一個人，害我嚇到差點跳起來。放眼望去滿山遍野的草木風光中，少女孤零零佇立的身影顯得十分突兀。

她的年紀應該跟我差不多吧？

全身都包裹在粗呢外套裡，雙手插在口袋，直直盯著我。潔白的裙襬下，沒穿襪子的雙腳套著一雙廉價的運動鞋。長髮在風中翻飛，掠過了纖白的臉頰。從臉色看來，她的心情好像不太美麗。

我略感疑惑，但仍選擇不予理會。我跟她中間隔著一條五公尺寬的河，這個距離給了我充分的理由不去干涉對方的舉動。

沒想到，她卻沒有立刻走開。

兩個小孩隔著一條河沉默相對的場景，持續了可能超過三十分鐘之久。她就一直站在那裡盯著我，我則裝出自己正專心在釣魚的模樣，只是偶爾會偷瞄她幾眼。

最後先按捺不住的，是我。

「妳看什麼？」

我朝對岸發問。她應該能感覺到那句話隱含著埋怨的意味吧？

但她只是依然望著我。

「很好看嗎？」

我又語帶責備地補上一句。不過回應我的，仍舊只有那道冰冷的目光。

我尷尬地別開眼。她好像還是在看著這個方向。

我只好收拾釣竿，離開河邊，而她就這樣一直望著我離去。

隔天，我一樣拎著釣魚用具走向河邊。要是窩在別墅裡，爸媽又要瞎操心了，而且我認為那女生今天應該不會出現了。雖然我不曉得她是誰，從哪裡來的，但多半沒有機會再碰面了吧。

沒想到，我走到河邊時，她就已經站在對岸了。

她的打扮跟昨天相同，站在跟昨天相同的地方。

我是不是回去算了？心底猶豫了一下，不過掉頭就走又好像刻意在躲避人家，我可不想被誤會。拿定主意後，我就在岩石堆坐了下來，一如既往地將沒有綁魚鉤的釣魚線拋向河裡，盡量不讓她進入我的視線範圍。我裝出認真釣魚的模樣，反正她多半也不曉得我在幹麼。

她一直注視著這邊。

一陣子之後，她坐了下來，背倚向樹幹根部。看起來好像一直在觀察我。

她到底有何目的？

我很想問清楚，卻硬是把話吞回肚子，繼續無視她。

我有個壞習慣，一遇上麻煩就只想盡量避開。要說我怕麻煩，我想更多是因為性格膽小吧。萬一主動出擊卻惹出問題，我可沒有坦然面對的勇氣。此刻也只能暗自祈禱她趕緊看膩，自行離開。

結果，這場耐力競賽是我先敗下陣來。中午過後，我站起身，開始收拾釣具。平常這時間我都在河邊啃媽媽事先幫我捏好的飯糰，在原地待到黃昏時分，只可惜我的神經還沒有粗到可以一整天都若無其事地沐浴在那女生的目光裡。直到我轉身離開時，她都還在望著這裡。

當晚，我問了爸爸。

「有個女生老是站在河對岸。」

「這附近有好幾棟別墅，是其他來度假的孩子吧？」

大概是吧。

爸爸建議，「要不要跟人家交個朋友？」

但是我根本想不出來要怎麼跟她交上朋友。

次日，我一大早就出了別墅，朝河邊走去。清晨時分，天都還沒亮透。我吸了一口凝縮的冷空氣，冰涼得令肺刺痛不已。

她總不可能這麼早就在河邊了吧。我打的如意算盤是，只要比她先到，就能知道她是什麼時候、從哪個方向過來的了。

卻沒料到等我到河邊時，她已經在那裡了。

穿著跟昨天一樣。

我當然是訝異極了，不禁主動發問：

「妳該不會一直待在那裡吧？」

潺潺水流十分靜謐，就算不刻意抬高音量，聲音也能清晰地傳過去。

她依然端著那張臭臉，搖頭回應：

「我猜你今天可能會提早過來。」

所以我現在是被看透了？

「妳從哪邊來的？」

聽見我的問題，她略顯遲疑地環顧了一下四周，才伸手指向半山腰上的房子。是一棟鄉間小屋風格的小木屋，大概是某一家的別墅吧。

原來如此，她搞不好跟我同病相憐。我這時才終於領悟，她可能也不情願被帶到山裡，閒著沒事幹才跑來河邊。

「妳是來看我的嗎？」

「對。」

她聳了聳肩，神態不太像一個小孩子。

「我一直在觀察你。」

「為什麼？」

「好奇你用沒綁魚鉤的釣竿到底在釣什麼。」

「……啊啊，果然被看破手腳了。」

我把釣魚不綁魚鉤的理由告訴她。原本以為她一定能夠理解我的想法，怎知她聽完後，只是不解地側著頭。

「結果是釣到妳呢。」

我這麼說完，她皺起眉頭，好似有些困惑地將目光垂向河面。

「你是笨蛋吧。」

那或許是她第一次流露出人類該有的情感。

我們就這樣開始隔著那條河聊天。

一旦打破那道隔閡之後，我們很自然地聊上一整天，顯得先前那幾天的沉默以對愚蠢至極。

回想起來，好像都是我單方面在講。這也是因為她想聽。她對我的各種事情都深感好奇。平常住在怎樣的地方？學校長什麼樣？周遭都是些什麼樣的人？過著什麼樣的生活？

相反地，換我問她時，她幾乎都會岔開話題，搞得最後我連她叫什麼名字都不曉得。但當時我覺得無所謂，反正我們應該也只有這個冬天會碰到面。

寒假就快結束了。

「我後天要回家了，下次來……可能就要夏天了。」

「喔。」

她的神情沒有一絲波動。

那天我們就像平常一樣，隔著河面天南地北地閒聊，她的存在撫平了我的孤寂，空虛感隨著河水一去不復返。她可能並沒有特別的感受，但我有一點點喜歡上兩人聊天的時光。

太陽快下山時，她忽然站起來問我：

「我可以過去你那邊嗎？」

「可以啊，只是天快黑嘍。」

想過河，必須要經過一座橋，而橋遠在要往下游走幾百公尺的地方。等她一路從那邊走過來，天應該都黑了吧？

「我不會花多少時間的。」

她頑皮地笑了。

「什麼意思？妳該不會是要跳過來吧？」

河床並不深，還零星散落著貌似可以落腳的岩石。但是那些岩石表面凹凹凸凸的，看起來不太可能從上面靈巧地跳到這一側。難道她打算踩進極度冰冷的水流中？

「你可以閉一下眼睛嗎？」

她這麼要求我。

「妳不要做危險的事喔。」

「我知道，你安靜閉上眼就好。」

我只好無奈地闔眼。

「你能發誓在我說『可以了』之前，絕對不會睜開眼睛嗎？」

「……我發誓。」

面對她，我很清楚反駁或抵抗都是沒有意義的，她散發著一種不容置喙的氣場。

我低下頭，閉緊雙眼。我從未留意過這條河的水聲，然而此刻嘩啦嘩啦的流水聲彷彿從四面八方環繞住我。

「可以了。」

她的聲音驀地在耳邊響起。

我反射性張開眼，朝聲音傳來的方向望去。

她就站在我身旁。

洋洋得意地雙手叉腰，低頭看著我。

「妳怎麼過來的？」

我上下打量著她，她全身沒有一處地方弄濕。接著，我將目光投向那條河，卻找不到一條路徑足以讓她踩著那些岩石過來時不會弄濕自己。這附近當然也沒有橋，河面更沒有窄到光是擅長跳遠就能一口氣跳過來的程度。

「那種事不重要。」

她在我身旁坐下，望向遠方的山脈，就像在親眼確認我至今每天都在看的風景長什麼模樣。

我將折疊椅拿過去，她卻只是搖頭。

「講一些你的事吧。」

我們聊著學校的事，以前看的書籍內容等，一路隨意閒聊到天色開始暗了。

她來到身邊，我才發現了一件事。

她身上有雪夜的氣味。

「你明天也會來嗎？」

對於這個問題，我立刻點了點頭。

沒錯，我們約好了還要見面，所以那一天才沒有好好道別。

至今，那仍是我心底的遺憾。

第二天，我也是一起床就去了河邊。

卻沒有見到她。

我很快就察覺到異狀，之前她手指的那間半山腰上的別墅，正冒出橘紅色的熊熊火光，一團團黑煙直衝上正在飄雪的天空，消失在雲際。稀稀落落降下的雪花，並不足以消滅那場火勢。

我慌忙回到自己家的別墅，爸媽正要出門去滑雪。我告訴他們發生火災時，急得都快哭出來了，就在此刻，不知從哪裡傳來了消防車的警報聲。

「看來有人打電話給消防隊了。」

「爸，你帶我去發生火災的那棟屋子！」

「你在胡說什麼！不要去湊熱鬧。」

「不是，我不是要去湊熱鬧。那是她家的別墅！」

爸爸歪著頭，一副聽不懂我在說什麼的表情。沒能清楚說明自己的意思是我不好，只是當時我實在太慌張、太害怕了，整個人都陷入混亂之中。

她該不會有危險吧？

一想到這點，我再也待不住了，轉頭就衝出別墅。我大概知道火災現場的方位在哪裡，只要過橋往對面那座山跑去應該就沒錯。

雪勢漸大，我依然不顧一切地全速朝她在的地方狂奔。我的體力原本就差，都還沒過橋，就已經好幾次差點要跑不動了。但是即使喘到上氣不接下氣，我還是持續朝傳來警報聲的方向前進。

只是等我終於趕到時，那棟別墅早已燒得焦黑一片了，兩輛救護車從我眼前駛離現場。誰上了救護車？傷者的情況如何？不管問誰，都沒有人回答我。過沒多久，化為漆黑灰燼的別墅，也逐漸讓紛落的雪花染成了白色。

那天夜裡我發燒了，一直昏睡，結果隔天也沒能去河邊，就坐上爸爸的車揮別了別墅。

後來我才知道在那棟發生火災的別墅裡找到了一具大人及一具小孩的遺體，但在這則新聞後，就沒有更加詳細的追蹤報導了，至今我仍不曉得過世的那個小孩叫什麼名字。

隔年開始，爸爸的工作日益繁忙，我們家也不再去別墅度假了。我曾想過自己去山上一趟，遺憾的是，一年後爸爸就賣掉了那棟別墅，我失去了可以落腳的地方。

她恐怕已死在那場火災中吧？儘管我沒有證據，但眼見火災現場慘烈的模樣，實在沒辦法樂觀地認為她平安無事。

而且不管真相是什麼，我也沒有方法確定了。

上國中後，我就加入了田徑社，到現在都讀高二了，依然努力在練習長跑。這項改變，跟那場意外有莫大關聯。

如果當時能再早一點抵達那棟別墅，說不定就可以救她出來了。

沒能實現的道別，在我的記憶裡烙下揮之不去的陰影，同時也開啟了一條嶄新的道路。我再也不想像那天一樣無能為力，累到腿都抬不起來，最後只得停下腳步了。我想培養充沛的體力，才選擇了田徑社。

過去我總是極力避免任何競爭，田徑競賽這樣的挑戰根本不適合我。但換一個角度想，長跑必須要長時間與自己對話，又算是最符合我性格的項目了。剛開始時，我只要跑幾圈操場就會累到想吐，但現在十公里二十公里都成了家常便飯。當然，不管我跑了再多公里，也沒辦法讓我回到那一天。

今天也要去社團練習。

我換好鞋，就朝校園走去。

我環顧四周想尋找轉學生的蹤影，果然遍尋不著。

那個轉學生是誰呢？

在我腦海中，轉學生跟河對岸那個女孩的身影重疊了。兩個人的髮型、年齡及散發出的氣質都不同，可是——她們很相似。而且剛才跟轉學生的對話，讓我憶起了那年冬天。

不光如此，剛才那段對話，簡直就像重現了那一天的場景。

轉學生就是那個女生嗎？

我一直認定她死了，說不定只是我太早下結論了。其實她平安無事嗎？或者是——用了不可思議的力量避開那場火災。畢竟她當初都用了某種我無法想像的方式成功渡河，就算真能神奇地從火場存活下來，好像也不足為奇，

不過，就算轉學生真的是她，這場帶著神祕色彩的重逢又有什麼意義呢？

我心裡有種不好的預感。

接下來幾天，我都沒再遇見轉學生。

不過她的消息倒是斷斷續續地傳進耳裡。聽說那些想騷擾她的男生全數碰壁，紛紛垂頭喪氣地打退堂鼓了。不僅如此，就連主動想找她攀談的同班女生，也都被乾脆拒絕，明明白白地拉出了距離。

這一個月，我在校園裡看到轉學生幾次，每次我都會停下腳步，望著她出神。記憶中那個少女的長相，跟轉學生的臉確實十分相像。我們還曾在走廊上四目相對，但她並沒有找我說話。她們只是長得相像的兩個人嗎？其實直接問她就好了，可是如果我主動搭話，百分之百會遭到冰冷的拒絕。

冬天的腳步近了。一開始由於出色外貌第一印象博得八十分的她，評價已一落千丈，聽說現在連同班同學都會不約而同地避開她。

在這樣的情況下，隔壁班又發生了一場小騷動。

隔壁班有個女生的靈感應力很強，她不小心在教室裡撞到轉學生，當場尖叫昏倒，還被抬到保健室去。

後來大家問她事情經過，她說：

「那個轉學生……冰冷得好像已經死掉了一樣。」

同學自然是半信半疑，但有幾個膽子大的——惹人嫌的——男生，故意去撞轉學生確認事情的真偽。

她果然很冰涼。

後來，大家在背地裡偷偷幫她取了「幽靈」這個綽號。靈感應力強的女生也宣稱教室裡有妖怪，拒絕上學。那些男生原本只以為轉學生是個難搞的女生，現在也都開始認定她是個詭異的傢伙。

這則流言也在其他班的同學間不脛而走，轉學生成了舉校皆知的「幽靈」。

十一月底，轉學生身上發生了一件奇妙的事。

她在有班上同學看守的倉庫裡憑空消失了。

我跟朋友練跑完，坐在長椅上休息。我們穿上防風外套，輪流喝著運動飲料。

「對了，你聽過嗎？」朋友沒頭沒腦地提起，「那間倉庫的事。」

他指著校園一隅的小屋。

「放畫線器跟跨欄的倉庫，對吧？」

那是間三坪大小的木造倉庫，凡是田徑社的都曉得。就算不是田徑社的，不少學生上體育課時也都去過裡面拿體育用具。

「一到冬天，田徑社的用具都會搬到體育館的倉庫，這段期間就連我們也幾乎不會進去吧？放學後就更不用說了，根本沒人會去那裡。不過，最近有一個人，只要放學後就會進去裡面。」
「誰？」
「你知道我們班上有一個大家都叫她『幽靈』的女生嗎？」
「嗯，轉學生。」
我裝傻。不知為何，一道冷汗滑下額頭。
「有一次她去倉庫時，正好被我們班的人看到。那傢伙就很好奇，隔天放學後就跟蹤她，發現轉學生果然又去了倉庫。她好像每天都會過去，你不覺得很詭異嗎？」
「她為什麼要每天去倉庫？」
「那我就不曉得了。她也沒加入社團，不可能是有事要去那間倉庫。」
倉庫裡有她感興趣的東西嗎？
「後來我們班上有兩個男生，打算徹底查清楚這件事，就一直尾隨轉學生，連手機都準備好了。」
「手機？」
「用來拍影片。」朋友苦笑，「他們原本好像以為可以拍到什麼不可告人的畫面，意思是……他們認為轉學生多半是在沒人用的倉庫跟男生幽會。兩人一開始的想法很單純，就只是好奇……當然偷拍不是什麼正當的行為，不過沒想到最後拍到了驚人的東西。」
朋友說著，就從身旁的背包掏出自己的手機。

「你看，影片是昨天拍的。這是我後來叫他們傳給我的。」

他播放那段影片。

螢幕上的背景是校園，畫面裡可以看到棒球社正在練習傳接球，我們田徑隊正在慢跑。拍攝者大概是小跑步追趕著，畫面上下晃動看得我眼睛有點花。

而畫面的正中央，則是轉學生的背影。現在也看習慣她的制服打扮了，只是放在校園裡依然顯得有些突兀。她沿著教室那棟樓走到校園的盡頭，大概就是要去那間倉庫吧？倉庫的地點正好就在長滿樹木跟雜草又陰暗的校園角落。

一個男生忽然穿過畫面，應該是拍攝者的同伴，他跟拍攝者交談了幾句，是在討論該怎麼跟蹤她吧？聲音錄了進去，只是雜音太大聲，根本聽不清楚他們在講什麼。

畫面再次回到倉庫。

「就跟你看到的一樣，倉庫的窗戶在這一側——也就是面向校園的方向。」朋友說明，「我們先假設窗戶面向的是南邊，那西側就有一扇鋁製拉門，這裡是倉庫的入口，東側有一扇小型換氣窗，有可能進出的地方就只有這三個。」

拍攝者跟著轉學生繞到入口那一側，另一個同伴則留在校園那一面看守窗戶。兩人為了避免被轉學生發現，與她保持了幾十公尺的距離。

畫面中，轉學生正要進入倉庫，她熟練地拉開拉門，左右張望一下，就走進裡面。門看起來並沒有上鎖。

這時，朋友暫停了播放。

「我話先說在前頭，這段影片沒有動過任何手腳，絕對不是造假，也不是這兩個傢伙跟轉學生聯手拍的驚奇短片。畢竟根本沒有人能跟那個『幽靈』混熟，不要說我們班，整個學校都找不出一個人能跟她和平共處吧。」

「我知道了，快給我看後面。」

朋友點頭，才伸手點了下手機。

拍攝者躲在樹後繼續拍，他跟倉庫之間的距離應該差不多有五十公尺。畫面一直在晃動，但確實地拍下了整間倉庫，可以想成是從正面看守入口的監視器。

轉學生進去後，畫面並沒有特別的變化。

過了幾分鐘，原本守在校園那一側窗戶的男生，從右側進到畫面裡，小心翼翼地走近倉庫。

「他們說窗簾是拉上的，從窗外看不見裡頭的情況。」朋友繼續補充，「這間倉庫以前曾當作攝影社的暗房，所以窗簾用的都是能阻絕光線的厚實布料。」

剛才進到畫面裡的那個男生，很快就遠離倉庫。應該是怕被待在裡頭的轉學生發現吧。

「接下來十分鐘都沒有變化，我快轉嘍。」

影片以倍速播放。倉庫入口的門一直是緊閉的。

沒多久，畫面有了變化。拍攝者可能是無聊了，站起來講了幾句話，好像是在叫他的同伴。

「他們兩個決定要闖進倉庫。」朋友說明，「一方面是等到不耐煩了，還有就是他們說當時手機快沒電了，就決定假裝需要借體育用具，進去一探究竟。」
「原來如此。」
兩個男生朝倉庫走近。
沒拿攝影機的同伴一臉不懷好意地笑著，手搭上拉門。
接著猛然拉開門，像要嚇唬裡頭的轉學生似的。
塵埃在空氣中飛舞的光景，透過螢幕映入眼簾。
倉庫並不大，站在門口就能將裡頭一覽無遺。昏暗的房間裡堆放了競技用的跨欄、厚墊子、不鏽鋼洗手槽，還有雜七雜八的各種物品，只是——不見最重要的轉學生。
拍影片的那兩個男生顯然有些不知所措。他們走進去後，先拉開窗簾，讓光線照進倉庫，螢幕總算清楚呈現出裡頭的模樣了。
真的一個人影也沒有。
鏡頭不停轉向各個角落。他們找遍所有能想到的地方，甚至連天花板和摺疊堆好的墊子間隙都檢查過了，還是沒發現轉學生的蹤跡。話說回來，這裡根本就沒有地方可以容納一個人藏身。
畫面從門口移向位於右側的窗戶，從那裡向外看能一覽校園的情況。這扇窗正是剛才還拉著窗簾的那一個。窗簾的底部只垂到了腰際，裡面不可能藏人的，而且窗戶還牢牢鎖著。
從入口往倉庫裡頭看去，正對面那道牆上有一扇小型換氣窗，就設在靠近天花板的位置，玻璃是霧面的。接著，鏡頭拉近了窗鎖的部分，從畫面的變化就可以明白，拍攝者大概是在確定那扇窗有沒有關上。結果毫無疑問，鎖得好好的。從那扇窗的尺寸來看，從那邊出去倒也不是沒機會，只是既然現在從內側上鎖了，人就不可能是從那裡溜走的。

拍攝的兩個男生一走出倉庫，影片就結束了。

「她消失到哪裡去了？」

我問。

「不曉得。兩扇窗都從裡面上鎖了，入口又一直有人看著，還留下了這段影片，可是轉學生就真的在那間倉庫憑空消失了。倉庫裡又沒有地方躲，拍影片的傢伙都嚇壞了，頻頻喊著轉學生該不會真的是幽靈吧。會這樣想也很合理，如果她不是幽靈，怎麼可能在密室裡說不見就不見？」

「你剛才說這段影片是昨天拍的，對吧？她今天來學校了嗎？」

「我跟你說，她還真的就沒來。如果她從倉庫消失後……就真的再也不出現，這段影片就成了靈異短片了。」

「你也太誇張……」我笑著帶過，心裡卻沒有一絲笑意，「你再給我看一次那段影片。」

「好是好……只是我們差不多該回去練習了，不然學長又要罵人了，身體也有點冷掉了。」

「那你先回去好了，我馬上就會過去。」

我目送朋友離開後，再播放了一次剛才那段影片，仔細檢查。

轉學生走進倉庫的畫面拍得一清二楚，後來倉庫就一直在鏡頭內，所以她也不可能是趁兩個鏡頭轉換之間的極短時間差離開了倉庫。

從轉學生進倉庫，到後來拍攝者闖進去，頂多只間隔了十五分鐘。

在完全封閉的倉庫裡消失——真的有人辦得到這種事嗎？

我有個猜想。

如果轉學生真的不是人類，而是幽靈呢？

說不定七年前我在別墅附近遇見的那個女生，真的死於那一天的火災，只是她還戀棧人世，死去後靈魂就化為幽靈，以轉學生的形態再次出現在我面前。

如果她是幽靈，就有可能穿過牆壁、從封閉的倉庫中出來，不是嗎？

我翹了社團，朝那間倉庫走去。如果要等社團活動結束，到時天就黑了，沒辦法充分調查。

手搭在拉門上，我內心泛起一絲緊張。轉學生搞不好就在裡面。

拉開門。

理所當然，裡面一個人也沒有。

我以前也進來過幾次，裡頭的模樣跟以前差不多，但此刻一股難以言喻的不安及寒氣竄過全身。

轉學生都在這裡做什麼？

又消失到哪裡去了？

一進倉庫左手邊的牆壁上有電燈開關。我按下開關，天花板上的燈泡霍地亮起。我趕緊關掉。

萬一又引發更多奇怪的流言就糟了。搞不好幾個月後，這間倉庫會成為學校七大怪談之一。

我闔上門，開始觀察裡面的情況。地上鋪了一層類似夾板的粗劣材質，但是沒有像榻榻米那樣可以拆開的地方。

和影片中的男生一樣，我也檢查了墊子。倉庫裡有一個專門用來跳高的厚墊子，如果有人躲在裡面，上頭肯定會清楚浮現一個人形。

倉庫裡頭那面牆，裝設了水龍頭跟洗手槽。一轉水龍頭就有水流出來，應該是因為以前攝影社需要用到水吧。洗手槽上擺著一個空魚缸，看起來很像教職員辦公室會放的那種觀賞用魚缸。

我望著從水龍頭傾瀉而下的水柱，忽然心念一動。

便再看了一下朋友傳給我的影片。

雖然那兩個男生完全沒有注意到，不過影片中一閃而過的洗手槽是濕的。

明顯是有人使用過的痕跡。

轉學生開過水龍頭嗎？

儘管不曉得她為什麼要這麼做，但這個可能性很高。

我接著檢查面向校園的那扇窗，窗鎖是常見的半月形鎖。我再看了一下影片，這裡的確上鎖了，更別說拍攝者的同伴還一直在外頭看著這扇窗，而且從拍攝的角度來看，只要有人從這扇窗進出，就一定會被拍下來。

那麼，如果她是從入口正對面的換氣窗出去的話？

我抬頭看向換氣窗。

這時，我終於發現到不對勁的地方。

有一邊的玻璃破了。

左邊那扇窗只剩下鋁製窗框，整片玻璃都不翼而飛，窗外的挺拔枯枝清晰可見。

這是怎麼回事？

昨天窗戶應該還沒有破才對。換句話說，在轉學生憑空消失後，到現在為止的這段時間內，有誰來過這裡，打破了換氣窗嗎？

我又仔細檢查影片，裡面的窗戶確實完好無缺，窗外的景色也因為透過一層霧面玻璃而顯得朦朧不清。

我開始查看窗戶正下方的地板，心想說不定會發現玻璃碎片，卻一無所獲。

引起我注意的反而是地板上的那層灰塵，顯示出競賽用跨欄移動過的痕跡。跨欄從原來的位置被推到牆壁旁邊，而且正上方正好就是換氣窗。

難道……

我把擺在洗手槽上的魚缸拿起來，用手指簡單測量一下魚缸底部的面積，然後再用相同方式測量換氣窗的大小。

幾乎一致。

這瞬間，我才終於明白。

她的真面目。

不管答案有多麼令人難以置信，只要不存在其他的可能性，那它就是答案。如果遵從這項古老的教誨，那她就不是幽靈，而是——

我急忙回到校園裡，找到剛才那位朋友。

「我有件事問你。」

「喂，你剛翹了社團，對吧？」

「先別管那個，我想知道轉學生家的住址。」我打斷朋友的話，匆忙道，「我很急！」

「啊？」朋友歪著頭，神情滿是疑惑，「你為什麼急著要這種東西？而且我怎麼可能曉得她家住址。」

「緊急通訊錄呢？」

「她是轉學生，上面沒有她。對了……聽說她是搭電車來學校的。」

「電車嗎？謝了。」

我連衣服都沒換，就穿著練習用的運動服衝出學校，把朋友叫我的聲音拋在背後。

我朝車站狂奔。

還來得及嗎？

放學已經過好一段時間。不過她今天沒來學校，從放學時間推算也沒有意義，說不定一早就回山上去了。

儘管希望渺茫，我依然全力朝車站跑去，內心隱隱覺得她就在那裡等我，就像七年前，她也總是在河對岸等我。

錯不了。

轉學生就是當時的那個女生。

我的雙腳再也不會在半路停下來。

沒問題，我根本一點都不累。

我抵達離學校最近的車站時，體力還很充沛。我買了車票，穿過剪票口，月台分為上行跟下行，中間夾著鐵軌。

是哪一個月台？

如果要去那座山，肯定是下行的月台。

我快速奔下階梯，往月台跑去。

月台上人少得出奇，是回家人潮湧現前的寧靜嗎？我四處搜尋她的身影，目光掃過長長的月台，卻只看到一對坐在長椅上的老夫婦，還有站在月台底端看書的學生。

「猜錯了。」

那道聲音從鐵軌另一側的月台傳來。

是她。

她看著我笑，好像在取笑我。

我跟她之間的距離，幾乎就跟當年我們相遇時的距離一模一樣。

「妳等一下，我馬上過去。」

我轉身就要往樓梯走回去，到她那邊去。

她卻叫住我。

「不行。如果你有話要說，就在那邊說。」

「——我知道了。」

四周都沒有人。月台上的幾個零星人影，看來也沒有在注意我們這裡的動靜。

「妳從倉庫消失的事已經傳開了，妳班上的同學都以為妳是幽靈喔。」

「是喔。」

她冷淡應聲，制服上的蝴蝶結迎風晃動著。

「我仔細想過了，妳到底是怎麼從倉庫裡消失的……後來我去倉庫找線索，發現了真相。妳知道有人在跟著妳，不想被他們發現，就從換氣窗出去了，對吧？窗戶下面有妳拿跨欄當腳墊的痕跡。」

「所以？」

「他們進到倉庫時，換氣窗是完整的，這一點看影片也能確定。窗戶又上了鎖，看起來根本沒有人可以從那裡進出。但其實當時窗戶就已經破了，妳也早就從那裡溜出去了，只是視覺上看起來窗戶沒有破而已。」

如果要在外頭那兩個男生不知情的狀態下離開，就只能從換氣窗出去，畢竟面向校園的那扇窗戶跟拉門都有人監視著。

從換氣窗出去這件事本身並不困難，只是萬一拍攝的那兩個男生發現了，可能就會進一步跟蹤她。她不希望那兩個人繼續跟著自己，決定設個小陷阱爭取時間，把倉庫布置成密室的模樣，困住他們的腳步。

「說不定，像個幽靈憑空消失也是妳的目的。妳已經打算離開了吧？」

「我的身體差不多快到極限了。」

她首度流露出寂寞的神情。

「妳是打破換氣窗出去的吧？要讓碎片落在外面，從裡頭打破比較適合。趁在校園看守的那兩個人走近窗戶，看不見換氣窗的時機，妳就趕緊跑到外面去，然後再把某種類似毛玻璃的東西嵌進只剩下鋁框的窗戶，讓窗戶看起來完好無缺，倉庫也看似跟原本一樣。類似毛玻璃的東西——我猜就是冰做成的薄板。」

扭開水龍頭，再用魚缸裝水，也不需要多少水。魚缸底部的面積跟窗戶大小幾乎一致，只要能讓魚缸底部那層水結成冰——再把那塊冰從魚缸取出，像玻璃一樣嵌進鋁製窗框——就能迅速做出一扇毛玻璃窗了吧？在影片中的那扇窗，其實是冰做成的吧？換氣窗位於高處，也不用擔心對方會伸手去摸。

只是，還剩下一個問題。

她在倉庫裡只待了大約十五分鐘。

在這麼短的時間裡，有可能讓水龍頭流出來的自來水結成冰嗎？

可能——她的話，就有可能。

可能是吹一口氣。

可能是輕碰一下。

就能一瞬間讓東西結成冰。

只要具備這種超能力，就能讓魚缸裡的水在短時間內結凍，也能讓川流不息的小河的一部分結凍，形成一座冰橋，在不弄濕腳的情況下過河。

只是能做這些事的，必定不是人類。

大概只有雪女吧。

「妳該不會是——」

「嘿嘿。」她跟以前一樣露出頑皮的笑容，「沒錯，你現在才發現嗎？」

還真的是。

我沒有任何證據。

只是靠邏輯推論出有這樣的可能性而已——

「妳以前在河邊指的那棟別墅，其實是別人家的吧？那棟別墅在火災中燒光了，我一直以為妳死了。」

「對不起，當時我也是自身難保。我想著說不定能幫上忙，也到火災現場去了，不過果然沒辦法，光靠我一個人的力量救不了他們。我很怕熱，那時差點都要融化消失了。」

「所以那天妳才沒有出現在河邊嗎？」

然而在漫長的光陰流逝後，我們還是重逢了。

「妳為什麼會轉來我們學校呢？」

「……太丟臉了，我不想說。」

她別開視線。

一陣冷風呼嘯而過，吹起她的長髮，隱去了略為發紅的雙頰。

「來見我的嗎？」

她在長長的沉默之後，點了點頭。

「看著你一直繞學校跑，我就好像看見以前那個你，成天拿著沒綁魚鉤的釣竿在釣魚，實在有夠奇怪。原本我沒有打算要告訴你，想說就待到春天再默默離開，只是沒想到很多事都不受控制。」

從倉庫的那扇窗可以清楚望見校園，也可以看到我在練跑的身影吧？難道她去那邊，只是想在不受任何人打擾的情況下看著我嗎？

「隔了這麼久好不容易才碰到面……妳就要回去了嗎？」

她輕輕點頭。

電車進站的音效響起。

「妳像以前一樣過來這邊吧。」

我懇求。

「不行，這條河，連我也跨不過去。你那一邊果然不太適合我。」

她為難地解釋。

「既然如此，那就換我去妳那邊。」

「真的？」她一臉快要哭出來地注視著我，「我不是人類喔？」

「沒關係，我不怕冷。」

我半開玩笑地回應。

「謝謝，但電車來了。」

她用制服袖口擦了擦臉頰。

她的淚水化為冰珠墜下。

那正是透露了她那場密室逃脫的謎底，以及她真實身分的最美麗的證據。

「最後能說上幾句話，我真的很開心。」她抬起頭，展露笑顏，「再見。」

電車駛進月台，遮住了她的身影。

人潮湧上月台。

沒多久，電車動了，駛離車站。
另一側的月台上，已經不見她的身影。

我走出車站，跑了起來。
沒問題，雙腿還能動。
我沒有對她說「再見」。
所以這不是道別，只不過是我跟她之間的距離，拉得遠一些而已。
這次，輪到我去見她了。

多話的雙胞胎

1

又是那個夢。

沿著幽暗的石造螺旋階梯無止盡地往下走。

只有牆上的煤油燈微微發亮，稍一走遠，就暗到連落腳處都看不清楚。我膽戰心驚地踩下每一級階梯，沒多久，下一盞燈出現在眼前。

煤油燈周圍，有著奇特翅膀花紋的飛蛾躍動著身軀，磷粉飄然灑落。好像剛才也看過那隻蛾。在前一盞煤油燈下，還有再前一盞煤油燈下……下一盞煤油燈下肯定也會有。

走著走著，原本我以為永遠都走不完的階梯，忽然就到底了。

穿過拱門形狀的出口後，眼前是一大片開闊的草原。灰暗陰森的天空另一頭，隱約傳來轟隆雷聲，抑或那只是風的低喃？茂密的青草都長過腳踝了，摩擦小腿的觸感太過真實，一點兒不像在做夢。

回頭，也不見任何建築物，地面上只有一個大洞。我剛才走下來的那道階梯哪裡去了？我探頭朝洞裡一瞧，看見通往下方的階梯。我是從這裡來的嗎？還是要從這裡下去呢？我已經搞不清楚了。

漫無目的地走在草原上，不久後，前方一個男人的身影映入眼簾。

瘦削的背影。

沒錯。

是他。

我急著朝他跑去，雙腿卻不聽使喚。向他大喊，喉嚨卻發不出一丁點聲音。他不曾回頭，只是在草原上一直往前走，離我越來越遠。他的身影越來越小，看起來就像慢慢沉入這片草原的汪洋之中。

才一下子，就看不見了。

好似近在眼前，卻又那麼遙遠。

至少回個頭，讓我看看那張笑臉也好啊。

在失落的情緒中，我醒了過來……

雙眼紅腫，臉頰也濕濕的，自己剛才似乎哭了。

今天明明該是轉換環境後，重新出發的早晨啊。

怎麼又夢見他了。

我恍惚地望著陌生的天花板。

醒來後的這個世界，他再也不在了。

2

夏天一開始，弓子就遠離了大城市。她利用大學的暑假，跑到遙遠的東北地區旅館打工。

這段期間正好有許多偏遠民宿、飯店、遊樂設施開出了夏季限定的打工職缺，也就是所謂的渡假勝地打工。弓子從中隨意挑了幾家最遠的，寄出履歷。她總共寄出了七份履歷，卻只有一家給她回音，就是這家位於奧羽山脈山麓的睡蓮莊。經過簡單的電話面試，弓子順利錄取。

她先搭電車再轉計程車，才終於抵達這一片天空遼闊地看不見盡頭的高原。空氣清新到城市根本沒法比，輕撫過肌膚的微風十分柔和。

聽說睡蓮莊是一家歷史超過一百五十年的老字號旅館，不過最近才整修過幾次，外觀不顯老舊，卻無損於日本宅邸的沉穩風範。屹立在藍天前的畫面，簡直就像飄浮在半空中的樓閣。

拉開毛玻璃的門扉，踏進門口，踩上寬闊玄關的脫鞋處時，眼前已佇立著一位身穿和服的女性。是位身材圓潤、氣質討喜的中年女性。

「妳的表情也太沒有活力了。放心，我們這裡空氣清新，食物好吃，只要待上一星期，包妳精神百倍。」

她是睡蓮莊的老闆娘，旅館目前主要是她在經營。

老闆娘領著弓子繞了旅館一圈，介紹各處的設施。古色古香的木頭走廊保存著百年前的風貌，暗沉的色澤，展現出歲月積累的痕跡。還有燒炭的爐灶、汲取地下水用的幫浦等，淨是些在城市中難得見到的稀奇玩意兒。

走廊上，老闆娘忽然回過頭，露出與方才判若兩人的嚴肅神情，開口問：

「妳還記得電話裡我們約好的事吧？」

弓子點頭。憶起當時老闆娘特別強調「不准向外界透露工作期間得知的資訊」。大概是老字號旅館的企業機密吧？或是單純想要保護客人個資不外洩？弓子沒多想就在電話中同意了。

「譬如，這裡看得到那棟小屋吧？」

老闆娘在走廊上停下腳步，伸手指向窗外的一間房子。她稱那間房子為「小屋」，但從城市人的眼光來看，那棟建築堪稱為一棟透天厝了。

「不要靠近那間屋子。不管在那邊看到什麼、聽到什麼，妳都不要多管。就算知道了什麼，也不能告訴別人，辦得到吧？」

聽到她語調甚至帶著幾分威逼的唐突問題，弓子立刻點頭。

那間屋子究竟有什麼？

弓子雖然好奇，卻也沒那麼大興趣。既然是工作上的禁止事項，照辦就好。比起這件事，弓子更希望老闆娘早點說明自己該做些什麼，一心只想趕緊拋開至今為止的日常，融入此地的新生活。

「好孩子。」

老闆娘誇獎完，便在走廊上繼續往前走。

正要拐過轉角時，響起一陣急促的腳步聲。有人來了。

出現在轉角的那個身影，是一名短髮、眼神銳利的青年，身穿名為甚平的日式傳統家居服，充滿男子氣概的結實身材跟氣宇軒昂的雙眉令人印象深刻。他差點迎面撞上老闆娘，慌忙側過身，停下。

「哇喔！」

「走廊上不准奔跑。」老闆娘出聲告誡他，「你來得正好，順便幫你介紹一下，這位是今天到職的新人。」

「啊？」甚平打扮的男子毫不掩飾臉上的嫌棄，「為什麼是女的！我們做的可是體力活耶。女生哪裡做得來，開什麼玩笑。」

他瞧不起人的言行，激得弓子不滿回瞪。往後要盡量避免跟這種思想膚淺的男生扯上關係，反正兩人的工作應該沒有交集，自己排斥的態度也不需要費心隱藏吧？

她才在心中打定主意，卻沒想到……

「接下來的兩個月，由這傢伙負責帶妳。」老闆娘說，「他的名字是汐音，從小就在這裡工作。弓子，妳有什麼不清楚的地方就問他。」

弓子不禁埋怨起自己的命運。原來就算改變環境，也不見得就會發生好事。自己真能跟這個男的和平共處兩個月嗎？

「妳只要乖乖聽我的話就好了。簡單來說，以後妳就是我的下屬，我可不會因為妳是女生就放水。先教妳怎麼打招呼好了，不會打招呼的人沒資格在這裡工作。妳聽好了，如果在走廊上遇見我或其他工作人員的時候——」

他語速很快，又滔滔不絕地說個沒完，弓子只覺得耳邊很吵，連一個字也沒聽進去。看來是個沒禮貌又粗神經的傢伙，正是弓子最不擅長應付的類型。

打工第一天，弓子就擔心得想逃跑了。

3

弓子已在睡蓮莊工作了幾天。

第一天會做那個夢，大概是緊張跟壓力造成的，第二天和第三天的夜裡，她睡得遠比成天窩在公寓裡時還要沉。應該是大量勞動令身體疲憊不堪，也可能如同老闆娘說的，美味食物跟乾淨空氣意外讓弓子找回健康。

弓子很快就習慣了在睡蓮莊的生活。

她主要負責清掃，除了大眾池或客房的例行清潔，還必須確保庭院跟停車場乾淨地連一片紙屑都不能有。打掃工作外，她也要洗衣服、洗碗，偶爾遇上特殊情況還得去採山菜，反正就是所有打雜工作全包了。

工作內容是電話面試時就同意過了，只是有一個小誤會。弓子原本以為自己會擔任女侍，不過睡蓮莊素來謹守真誠待客的理念，不可能讓一個從來沒接受過任何訓練的菜鳥去招待客人。

「想當上女侍，起碼也得先打雜個半年再說。妳要搞清楚這裡是什麼地方。女侍可不是抱著遊玩心態、一時興起就從凡間跑來的城市土包子做得來的。」

汐音語速快、嘴巴壞的講話方式，每次都惹得弓子一肚子火。不過轉念一想，年紀小的男生就是愛耍嘴皮子，好像也還算可愛。當然弓子並不清楚他的年紀，只是汐音的外貌跟言行舉止怎麼看都比自己幼稚多了。

「汐音，你在這裡工作幾年了？」

弓子跟他一起打掃客房時，忽然靈機一動地問道。既然他從小就在這間旅館工作，那只要知道他做了幾年，就可以推算出大致的年齡了。

「我？我呀……就一直啦，一直都在這裡。」

「哼。」弓子用言語表現出不滿意他的回答，「一直都在打雜喔？」

「喂！妳說那是什麼話。我們現在在做的工作是最不起眼沒錯，卻是最重要的。如果不是我們把房間掃得乾乾淨淨，女侍哪能放心帶客人進來住。如果不是我們去採山菜回來，廚師哪有食材做料理。如果沒有我們，這個睡蓮莊就要停擺了。結果妳居然——」

啊啊，好囉嗦。

弓子表面上裝出一副虛心受教的神情，實則整個人都在放空，只當作一陣耳邊風。

她的性格原本很情緒化，只是這一年就如同心死了一般，情感毫無起伏。一直到最近，才總算找回一些人類該有的正常反應。

原因在於一年前，一個重要的人過世了。

青梅竹馬的男朋友。至今不算長的人生，弓子幾乎都是和他一起度過的。如果說二十歲以前的經歷會形塑一個人的完整人格，那麼弓子這個人就有一半，是依靠他的存在才確立的。他死後，說弓子死了一半也不誇張。

癌症。寄宿在他青春肉體裡的癌細胞，根本不給弓子時間做心理準備，就迅猛吞噬了他的身體。他原先似乎是打算什麼都不告訴弓子，自己躲起來，沒想到病情蔓延的速度甚至快得連這一點時間都沒有給他。

他在病房裡昏睡的模樣看起來總是很痛苦，兩人沒什麼機會說上話。迷惘、絕望、悲痛和焦躁在弓子心中翻攪，還來不及冷靜下來，他就死了。事實上，對他的情感裡的確也參雜了一絲怒氣。為什麼不早點坦白？為什麼不多依賴自己一些？為什麼要拋下自己先走？

他過世後的那段日子，弓子徹底失去種種情感波動，甚至無法跟其他人交談。她躲在公寓裡，一整天都躺在床上，在關掉音量的狀態下不斷重看以前兩人一起觀賞過的電影。

沒力氣做任何事。連割腕、上吊的力氣都沒有。她想，既然沒辦法主動求死，那就乾脆一直躺著不吃東西，讓自己慢慢成為一具空殼，消失在這個世界上好了。最後是聯繫不上她而憂心忡忡的爸媽，阻止了這件事成真。

半年後，她終於能回大學上課了。即使心中那個洞依然沒能填補起來，至少她開始有辦法裝出沒事的樣子。

儘管失去了傾心珍惜的人，世界依舊轉動不停。不久，時序又走近夏天，弓子像是想找回自己遺落在回憶裡的那顆心似的，決意到一個完全陌生的地方挑戰自我。

「喂，妳有沒有在聽啊？」

汐音把揉成一團的床單丟過來。

弓子接住，嘆了口氣。

睡蓮莊是個好地方。在這裡，自己好像真的能夠重新開始，就除了……

「有啦！」

弓子不由得大聲起來。

說起來，到這裡遇見他之前，弓子從不曾這麼煩躁又憤怒過。他的存在就是如此惹人厭。

「妳……」

汐音突然一臉不知所措地注視著弓子。

「幹麼？」

弓子的語氣充滿挑釁。

「沒事，那個……抱歉，我只是希望妳能把工作做好……」

怎麼回事？他居然沒有嗆回來。

「啊？」

「可、可是，如果妳以為只要哭就能解決問題，那樣不行的！我不接受耍賴！」

聽到他的話，弓子才終於發現。
自己的雙頰不知何時早已淚濕了。
她慌忙抹去淚水，身心卻遲遲沒辦法平靜下來。明明不覺得悲傷，眼淚卻不由自主地流下來。一定是因為想到他害的。
汐音好像誤以為弓子是挨他罵才哭的。弓子冷靜地想，如果內疚能讓他閉上嘴安靜一陣子，就不要特別去澄清好了。
「好了，去下一間房吧。」
後來，弓子跟汐音工作時都不再開口。

4

睡蓮莊的女侍工作時穿的制服是淺紫色的和服。弓子原本好憧憬那件制服，不過打雜的人只能穿自己的運動服。女侍當然也要幫忙雜務，但以那身裝扮工作，就賦予人一種氣質高雅的印象。其中有跟弓子年紀相差不到五歲的年輕女孩，也有五十好幾的中年女性，在弓子眼裡，她們就是專業人士，是值得尊敬的一群人。
客人少時，她們落得清閒，就會跑到休息室看電視聊天。
「弓子，妳也休息一下嘛。要不要吃紅豆包子？」

有一天，女侍開口邀弓子去休息室。正好當時弓子也做完手上的工作了，便加入她們的行列。
「弓子，妳來幾天了？」
「十天。」
「這樣算起來，妳待的已經比上一個人久了。上次那位來打工的小朋友，連一個星期都撐不到。好像跟汐音完全處不來，才三天左右就說身體不舒服，晚上嚇得都不敢睡覺之類的，變得很神經質。」
「這樣呀……」
「不過，既然妳已經跟汐音一起工作十天了，看來妳過關了。照顧那傢伙很累吧？」
一位女侍吃吃地笑著說。
弓子正要回「是他在照顧我」時，念頭又忽然一轉，她說的沒錯，跟那個囉哩叭唆又一天到晚大呼小叫的男生相處，或許真的是自己在照顧他才對。
接下來自然就是一番身家調查。弓子心想與其遮遮掩掩還不如直接坦白，便一五一十說起至今發生的一切。
有幾位女侍露出後悔多問的歉然神色，也有女侍同情她的遭遇出言鼓勵。
「弓子，我們都為妳加油，遇到什麼問題就隨時說一聲。」
「謝謝。」
弓子並不想博取任何人的同情，也不打算沉浸在憐憫之中。儘管感謝她們的好意，也在心中提醒自己別太依賴人家。

不能再這樣下去了。

弓子心中擔憂著，自己的停滯不前。

不能再繼續沉溺在失去的痛苦裡。

可是，要把他遺留在過去，只有自己一個人向前邁進……這樣真的可以嗎？

他會原諒我嗎？

我又能原諒自己嗎？

傍晚時分，弓子無精打采地走過走廊，外頭傳來風鈴的清脆聲響。她好奇了，轉頭往窗外望去。在絢麗的橙紅色晚霞下，那棟小屋的窗戶外頭，汐音正在掛風鈴的身影映入眼底。

不對，仔細一看，那個人不是汐音。他的肌膚比汐音蒼白，身材也更瘦削，長相雖然一模一樣，不過小屋前的男生戴著眼鏡。

他沒有發現弓子的存在，走進小屋裡。方才掛起的那串風鈴，迎著傍晚微涼的風晃動，發出「叮」的聲響。

「喂。」

背後突然有人出聲，弓子嚇得差點都要跳起來。

「原來妳躲在這種地方偷懶。幹活了，要去撿炭。」

是汐音。錯不了，這個才是本尊。
那麼，剛才那一位果然不是汐音嘍？他總不可能有辦法瞬間移動到這裡。
「那個，你剛才人在外面嗎？」
總之先問問看。
汐音聽了，皺起眉頭。
「妳別想那些有的沒的。」
汐音正色告誡，這個話題戛然而止。弓子想起老闆娘第一天的叮囑，決定當什麼都沒看見。
睡蓮莊的廚師烹調餐點時用的木炭，都是在旅館後面那座窯燒製的。自家生產的炭。弓子還沒有機會親身體驗製作的過程，據說要從撿木頭、劈柴做起。
「我之後也會讓妳劈柴。要是連劈柴都做不來，妳在這裡就是個沒有用處的廢物，還不趁現在快點開始練臂力。」
「是。」
弓子坦率應聲，汐音卻露出惡作劇的笑容。
「開玩笑的啦，我怎麼可能讓妳做那麼危險的事，我都能料想到妳肯定會不小心傷到腳，搞得雞飛狗跳的。」
弓子覺得他言下之意就是把自己當蠢蛋，正要回嘴時，又決定不說了。細思他的用意，才發現這可能是他另類的體貼方式。

真是難以理解的個性。

「裡面還有上次剩的，我們先把這些撿一撿拿過去。」

汐音點亮一旁的老舊煤油燈。天色已相當昏暗，這盞燈讓工作容易多了。

汐音從一個黑漆漆的洞裡掏出大量木炭，弓子則負責把木炭裝進麻袋裡。

裝滿兩袋後，一人提著一個袋子回到本館。廚房裡，廚師正忙著烹調，弓子跟汐音把麻袋擺在廚房的角落，避免干擾到他們工作。這樣一來，任務就完成了，接下來到住宿客人吃完晚餐前，都不用再幹活。

弓子正想回自己房間時。

「欸，喂。」

汐音叫住她。

站在木板地面的昏暗走廊上，可以看到廚房透出來的光線，也能聽見裡頭廚師大聲溝通的聲音，然而走廊卻安靜地像是另外一個世界，彷彿寂靜正一點一滴地在此沉澱似的。

「妳都沒表情呢。」

「是嗎？」

弓子冷淡回應。他那句話既唐突又莫名其妙，沒別的回法了。

「不管是工作、回應我、跟我頂嘴、跟女侍她們聊天或跟客人打招呼時都是……甚至是哭了的時候，都是同一種表情。對，就是現在這個神情。」

「所以？你到底想說什麼？」

弓子對汐音兜圈子感到不耐。

「妳看，就連現在不爽，表情也沒有變化。妳沒辦法控制自己的表情了吧？」

弓子倏地摀住嘴。儘管這麼做就等於承認了他的話，但她克制不住。

「至少在客人面前要想辦法微笑啊。」

汐音還沒說完，弓子就轉過身，朝走廊另一頭走去。

多管閒事。

弓子丟下汐音，獨自走遠。

那一晚，相隔許久，弓子又做了那個夢。

走過那座如往常一般幽暗又好似沒有盡頭的階梯，與他重逢，卻還是看不見他的表情。他一直背對著自己。

夢裡的他，在那一晚，依然拋下她一個人遠去。

5

弓子的一天，從大清早打掃玄關開始。

她手拿掃帚跟畚箕，先掃過屋裡玄關前的脫鞋處，才把一路延伸到外頭停車場的碎石路清理乾淨。夏季高原的早晨，就連雜草看起來都閃閃發光。

忽然瞥見有人待在屋旁的陰影處，弓子好奇地多看了幾眼。這麼早，還不到住宿客人出來活動的時間，是員工嗎？

她繞到屋子後方，一個穿著浴衣的男性蹲在那裡，正在欣賞庭院裡的牽牛花。

這個人之前也見過。是上次在小屋外面，長得像汐音的那個人。

「啊，早安。」

他注意到弓子，站起身，有禮地鞠躬。

弓子也跟著一鞠躬。

「妳是這陣子跟汐音一起工作的新人吧？」他說，「汐音給妳添了很多麻煩，真不好意思。不過既然妳都待了這麼多天，可見妳的忍耐力很強。他有些地方比較難搞……別看他那副德性，我認為他其實是因為性格膽小又害羞，才會故意擺出一副渾身是刺、拒人於千里之外的態度，畢竟他一直都沒什麼機會跟外界接觸——」

他的聲調溫柔沉穩，只是一開口就沒完沒了。此時，弓子發現到一件事。

兩人不僅容貌相似，話多這點也很像。

「對了，忘了先自我介紹，我是汐音的雙胞胎哥哥，我叫波留。」他報上名字摘掉眼鏡，「這樣應該就像了吧？我們雖是雙胞胎，卻不知道為什麼只有我身體不好，因此從臉色跟身材應該就能輕易分辨出來。話說回來，儘管我是哥哥，也不過就是比他早那麼一點點出生到這個世界上而已，其實也不是差了很久，只是既然從小就被叫哥哥，自然就會萌生一種責任感——」

兩人果然是兄弟，而且還是雙胞胎，應該是同卵雙胞胎吧？實在太像了。

弓子簡單自我介紹。

「我知道妳。」波留重新戴好眼鏡，「最近旅館四周都很乾淨，我就想應該是有新人來了。原來就是妳。跟我想像的一樣，妳很漂亮。」

波留神色自若地讚美弓子，臉上沒有一絲害臊，和善地微笑著。

「波留，你住在那間小屋裡？」

「對。可能有人警告妳不要談論那間小屋，但其實沒什麼大不了的。小屋沒有特別的祕密，就是我住在裡面而已。」

這個意思是，老闆娘想要隱瞞的正是波留的存在嗎？抑或只是不希望其他人去打擾他療養身體，才禁止眾人靠近那裡？

波留露出沉穩的笑容。

「對了，妳最近是否做了噩夢？真的很不可思議，大家來這間旅館就容易做夢，只是不見得會是些美夢……萬一妳做了噩夢，請告訴我。」

他說完，又依依不捨地瞧了一眼牽牛花，才往小屋走去。

他的語氣彬彬有禮，不過想說什麼就一股腦說個不停、毫不顧忌他人這一點，真的跟汐音很像。

弓子暗忖，遇見波留這件事，還是別跟其他人說吧？就裝成自己什麼都沒聽到，什麼都沒看到，畢竟跟老闆娘有約在先。

「喂！」

背後響起粗魯的呼喚聲。震盪早晨清冽空氣的那道魯莽聲音，早已聽慣了。

回過頭，果然看見汐音站在那裡。

「妳掃完了吧？今天要去採山菜喔！」

在睡蓮莊工作的日子，快滿一個月了。

弓子後來沒再遇見波留，只有那間小屋前迎風作響的風鈴，證明他住在裡頭的事實。

汐音對弓子的態度則越來越囂張。可能是掌握住相處的距離了，或者波留說的「害羞」消除了，他現在就是跟弓子混熟了，言行很隨意。不過當事者似乎認為自己只是在提點後輩的工作。

「在妳可以笑著打招呼前，我都不會認可妳。在那之前，我只好勉為其難地繼續照顧妳。」

弓子也漸漸了解汐音的脾氣。他只是看起來冷漠，其實很愛照顧人，對小細節吹毛求疵，個性卻又滿散漫的，一堆相反的特質同時出現在他身上。看似神祕，其實很單純。說好聽點，就是性格表裡如一。說不定就是太愛講話了，不小心連一些原本不想講的事也都說溜嘴，才會顯得沒有心機。

打掃露天浴池時，弓子問汐音：

「汐音，你以後也會一直在這裡工作嗎？」

「應該是吧。」水蒸氣朧罩住他的身影，「我不太懂凡間的事，也喜歡這裡的生活。」

他常講「凡間」這個詞。

「你沒有夢想嗎？將來想成為什麼之類的。」

「沒有。」

「沒有嗎？」

「硬要說的話……」

「硬要說的話？」

「想變溫柔。」

弓子頓時沉默了。

汐音的目光穿透白茫茫的水蒸氣，注視著弓子。

「可惡，我還以為妳一定會笑。」

「你是在開玩笑嗎？」

「哈哈。」

汐音只是笑了幾聲帶過。

從他的個性來推想，大概既是在開玩笑，也是真心話吧。啊啊，真是個難搞的傢伙。有夠麻煩的，弓子卻也被他複雜獨特的性格勾起一絲興味。

「那妳呢？有想做的事嗎？」

汐音反問。

弓子的答案一直都是同一個。

但她故意假裝想了十秒鐘，才開口：

「沒有，沒什麼特別想做的。」

「妳是大學生吧？如果對將來沒有盼望，還念什麼書？妳活著是為了什麼？往後的人生還有好幾十年那麼長，妳打算一輩子漫無目的地浪費時間嗎？我說妳呀——」

囉嗦。

弓子把汐音的話當耳邊風。沒有人比自己更清楚，一直沉浸在回憶裡走不出來是不行的。因此當初才會決定跨出舒適圈，來到這裡。只是一個人的內心也沒辦法說變就變，弓子自身也無能為力。

死去的男友熱愛天空。最初是夏天的積雨雲引發了他的興趣。他是覺得瞬息萬變的雲朵很神祕吧？以前兩人常一起仰望天空，他會一一介紹多種雲朵的形狀。高三時，他不知道該選有氣象學系還是環境學系的大學，猶豫了好久。最後他選了環境學，而弓子也追隨他進了那所大學。

自己可能一直缺乏自主性吧？才會在失去他之後，連仰望天空的理由也隨之失去了。

「不管怎麼說，總有什麼願望吧？」

汐音追問到底。

弓子打從心底感到絕望，回答道：

「硬要說的話……」

「硬要說的話？」

「我想見他。」

好想跪在地上痛哭一場。

不過弓子終究忍住了這股衝動，是因為汐音在旁邊？還是因為無論悲傷有多麼深刻，時間正逐漸撫平了傷口？

弓子討厭那樣。

那不就像自己打算忘掉他一樣嗎？

那天夜裡，弓子又做了那個夢。

夢境卻跟平常略有出入。

長得望不見盡頭的階梯濕答答的，水不斷從牆壁滲出，在階梯上積成一灘灘小水窪。或許由於水面的反射，煤油燈的光線看起來在四周不停緩緩晃動，讓漆黑的階梯顯得更加陰森。階梯上方傳來「轟、轟」有東西在旋轉的聲音，而且似乎越來越靠近。弓子頓時害怕起來，跑下階梯。

腳邊的水越來越多，每一步踩下去都會濺起水花。

下面的階梯積水可能更多，旁邊牆壁崩裂的程度也益發嚴重，但又回不了頭，甚至自己都搞不清楚，現在到底是在前進還是在往回走了？

終於，弓子在伸手不見五指的黑暗中，跳出階梯之外。

草原還是平常那個草原，天空卻滿布陰霾，厚重得像是蓋上了一層不透光的黑布。雙腳浸泡在水裡，草原簡直成了一片濕地。

這個世界究竟發生了什麼事？

弓子終於在草原的另一頭，瞧見他的身影。

泥濘不堪的地面明明寸步難行，她仍使勁朝他跑去。

平常這時他總是背對著弓子離去，不管弓子多努力奔跑都追不上。

「喂！」

弓子大聲呼喊。

下一刻，他回頭了。

終於回頭了。

真的是他。

是病倒前，依然健康的模樣。

只是他全身淡淡發黑，彷彿籠罩在一層黑霧之中，看起來很不真實，好像只要照到光線就會消失了。他的半個身體都已遭陰影吞噬了。

他微笑地說了什麼，弓子卻聽不清他的聲音。

弓子好想聽見他的聲音，再次跑了起來。
閃電直劈而下，炸得視線範圍一片亮晃晃的。
差一點就要觸碰到他時，弓子卻絆到腳，跌倒了。
此刻四面八方的青草忽然竄動起來，令人驚恐地團團纏住她的身軀，要把弓子拖進濕地裡。越掙扎，青草就纏得越緊，最後連臉都被拉進水中，無法呼吸了。
好難受。快窒息了。弓子明白死亡已逼近眼前，只得拚命掙扎。但大腦無法獲取足夠的氧氣，意識逐漸被黑暗吞沒。
啊，這就是死亡啊。

弓子終於醒過來。
渾身濕透，就好像真的溺水了。自己流了滿身汗。做夢時身體大概動得很劇烈，朝著一個奇怪的方向，連枕頭都跑到腳邊。窗外還是暗的，蟲鳴響徹不休。
自己方才經歷的，就是死亡。
在死亡面前人人平等，每個人都只會死一次。說這句話的人多半不曾在夢境裡死去過。弓子剛才真的死了。噩夢招來了死亡。
即使如此，弓子依然感到幸福。
因為他第一次回頭了。

儘管在夢裡會死，只要能再見到他，去多少次都可以。

多少次都好。

隔天，弓子又做了那個死亡的夢。

夢境內容幾乎相同，只是階梯比上次更為殘破，草原上的積水也更多。這一次，弓子果然也在努力接近他時就死了。

殘酷噩夢的續集。

不過，弓子從中找到了僅有的希望。

在夢境裡，自己比之前更靠近他了。

接連三、四天，每一晚都陷入同樣的夢境。

每次進入夢的國度，通往下方的那座階梯就崩壞得越厲害，天空覆蓋著層層烏雲，濕地上飄起白霧。與此同時，籠罩他全身的那層陰影卻日漸稀薄，逐漸變回原來的模樣。更重要的是，每一次，弓子跟他之間的距離都會縮短一點。每經歷一次死亡，弓子就更靠近他一步。

只是，每天夜裡都睡得不安穩，白天自然總是精神恍惚，眼睛下面的黑眼圈連化妝都蓋不住了。

「妳還好吧？怎麼突然這麼憔悴？」

一名女侍主動關心她，弓子才驚覺身體已衰弱到別人一看就知的程度。

「妳該不會都沒睡好吧？」

「不……我沒事。」

「我告訴妳，之前來打工的小朋友也是這樣，說他害怕做夢，不敢睡覺。如果妳一直做噩夢，最好找老闆娘商量比較好，她可能會幫妳換一間房。」

「我房間有什麼嗎？」

「嗯……其實不是房間有什麼，我聽說，這間旅館自古就有『反枕妖』出沒。」

「『反枕妖』……？」

「哎呀，我差點忘了妳不是本地人，多半沒聽過反枕妖。該怎麼說好呢？妳知道『座敷童子』吧？就是那個會長年住在同一戶人家裡的童子妖，據說家裡有『座敷童子』，就會發生很多好事。」

「這我知道。」

「有一家旅館就有『座敷童子』，還吸引不少客人特別去一探究竟。其實，我們睡蓮莊也有類似的傳說……不過只有極少人知道，這間旅館有『反枕妖』出沒。」

「那是一種什麼樣的妖怪呢？」

「牠會在半夜跑出來，對熟睡的人惡作劇。就跟牠的名字一樣，具體來說牠會移動枕頭的位置，或者乾脆把枕頭藏起來。」

弓子有股不好的預感。

「如果只是拿枕頭惡作劇也滿可愛的，不過據說『反枕妖』可以透過移動枕頭，讓普通的夢境變成噩夢。我們旅館以前也曾考慮過要拿反枕妖出沒這一點當宣傳噱頭，但一個會使人做噩夢的妖怪，客人多半不會有什麼好評價，所以現在的老闆娘反而盡量隱瞞這件事。」

「原來是這樣啊……」

最近早上醒來時，枕頭都不在原來的位置上，常跑到匪夷所思的地方。原本還以為是因為做噩夢睡相太差，才無意識挪動了枕頭的位置，難道其實是「反枕妖」的傑作嗎？

就算這樣也無所謂。

只差一點，就能在夢中觸碰到他了。

一遍遍在夢中經歷死亡後，弓子的身體明顯逐日衰弱。

原本她每天都第一個起床打掃，近來開始工作的時間卻越來越晚。汐音沒有為此責怪她，反倒多次委婉地說了些體貼的話，想來是發現了弓子的不對勁。

「那個……睡過頭是小事情，不過妳早上一定要起床，然後過來找我，聽到了嗎？」

從他的用詞聽來，似乎很擔心弓子，不過弓子只是表面上順從地點頭。

一天早上，弓子穿過庭院時，有人叫住她。

是波留。

他佇立在牽牛花旁，一副有話要說的神情走近，弓子拔腿就跑。雖然內心對波留有點抱歉，不過他彷彿知曉一切。弓子害怕跟他交談之後，就不會再做那個夢了。

對弓子而言，能在夢境中與他重逢是幸福的。

如果有可能，好想一直待在夢裡，和他在一起。

好想早點從沒有他的現實世界醒過來。

6

波留看到弓子走過本館走廊的身影，察覺情況有異。她臉色蒼白得嚇人，眼神十分神經質，簡直是一縷幽魂。

她初來這裡時，儘管神情滿是悲痛，依然看得出內在存有一股渴望奮力一搏的意志，但此刻完全喪失了那種神采。

發生什麼事了？

波留立刻就明白。

她恐怕是陷入最糟糕的情況了。

一天早上，波留特地過來庭院裡等弓子，想先找她談談。現在事情還有挽回的餘地。

弓子手裡拿著掃帚跟畚箕出現，波留出聲叫她，沒想到她卻立刻慌張逃走。

原來如此，可見她自己也意識到了問題所在。

那或許還有救。

那天夜裡，波留走出小屋，來到本館。夜風陰森森地呼嘯，天空看不見半顆星星。波留躲在樓梯後面的置物處，等著看是否會有人溜進弓子的房間。

一如他所料，那傢伙來了。

他躡手躡腳地進入弓子的房間。他很清楚怎麼樣行動才不會吵醒沉睡中的人類。

波留立刻追上去。

拉開門，走進。三坪大的空間裡，弓子正躺在地板上的被窩中熟睡，神情看起來很放鬆，只是枕頭旁多了一道黑影。當然，她並沒有察覺。這瞬間，那個影子正要把弓子的枕頭拉出來。

「住手。」波留伸手搭上那傢伙的肩膀制止他，「汐音。」

「哇，波留！」

汐音驚慌失措地回頭。

「你怎麼又做這種惡作劇？」波留嘆息，「跟以前一樣，因為看不慣她，就想讓她做噩夢，把她嚇走嗎？」

「不，不是這樣。」

在小盞夜燈微弱的光暈下，汐留神情黯然。

弓子完全沒發現在自己枕邊交談的雙胞胎，呼吸依然十分均勻。照理說一般情況下，她應該要被談話聲吵醒，但雙胞胎的聲音根本傳不進她耳裡。

「那你為什麼要害她做噩夢？她衰弱得很明顯。這樣下去，她可能會死在夢境裡。」

「我從女侍那邊聽說，她男朋友過世了。」

「所以？」

「她說偶爾會在夢裡遇見那個人，只可惜不是天天都會做夢。」

「嗯？」

「只要動她的枕頭，她就百分之百能見到男朋友了吧？」

「然後？」

「有一次，她跟我說很想見他，還哭了。」

「原來如此。所以你讓她做夢，是想讓她見到男朋友，對嗎？」

「沒錯。」

「蠢。」

波留狠狠敲了汐音的頭，那一聲在漆黑深夜中顯得極為清脆。

「好痛——」汐音不滿地瞪著波留，「你幹麼打我！」

「因為你太蠢了！你挪動枕頭讓她做夢，就是將她推入噩夢裡。一般人的精神狀況連三天都受不了，你到底讓她做幾天噩夢了？」

「十……十天左右？」

「她真的會死的！」

「對不起。」汐音沮喪地垂下肩，「我只是……」

「只是怎樣？」

「我只是想看到她的笑容。」

「她會因為做噩夢就有笑容嗎？」

「雖然是做了噩夢，但她好像很開心能見到那個人。要不是這樣，她早就逃走了。」

「可是那又不是真的見到對方，已經死去的人就是見不到了。她千里迢迢跑到這裡來，好不容易要能夠接受現實了，不是嗎？她終於要有力氣跟那個人道別了，不是嗎？」

「可是對她來說，與其在沒有那個人的現實世界中苟活，待在有對方的夢境裡更加幸福。就算那個噩夢再恐怖也一樣。人類就是會有這些無法用道理解釋的情感，她就是不想離開那個人啊！」

「但一切都是假的。」波留像是想克制自己激動的情緒，伸手調整眼鏡的位置，「出現在夢境裡的那個人，只是她自己想像出來的幻影。你的體貼根本搞錯方向。」

「不過既然她自己選擇了夢境，我們就沒必要多嘴吧？何況，夢就只是夢，每天早上她還是會回到現實裡，你那麼生氣做什麼……？」

「她說不定回不來了。選擇夢境就有可能導致這種下場。再這樣下去，她真的會死喔。她死了也沒關係嗎？」

波留的質問，逼得汐音無話可回。

「你喜歡她吧？」

「啊、啊？」汐音神情慌張，「你在胡說些什麼？怎、怎麼可能！」
「你喜歡哪種型的，我怎麼可能不知道……我們好歹是雙胞胎。」
「唔……」

7

眼前的螺旋階梯已十分殘破，牆壁到處都坑坑巴巴的，從破洞的地方望進去，是一片無盡的黑暗。不知從何處灑落的雨滴，早就淋得弓子渾身濕透。煤油燈全都消失了，取而代之的是壁面上釘著一隻隻巨大的飛蛾標本。越往下走，標本就越密集。

地底深處傳來爭執聲，聲音聽起來很熟悉，卻轉瞬就飄散至意識之外。

看到階梯的出口了。

從那個大洞跳出去，出乎預料的光景映入眼簾。

晴朗蔚藍的天空，高高掛著一大團積雨雲。前一刻為止宛如世界末日降臨般的淒涼景色，剎時轉變成樂園般的夏季風光。一望無盡的草原在澄澈藍天的映襯下，顯得更是綠意盎然。

啊啊，在草原正中央，他，正背對著自己站在那裡。

至今為止有如噩夢般險峻的世界，肯定是一種考驗。為了與亡者重逢，就必須歷經重重考驗才終能如願。這片藍天，就是在宣告自己已經順利通過考驗了吧？

弓子深信不疑。

總算來到他身邊了。

8

「她總不可能因為做夢就死掉吧？」

汐音擺出認真的表情，雙手在胸前交叉，凝視著弓子的睡臉。

弓子的額頭冒出薄汗。她此刻究竟夢到了什麼？一臉難受地翻身後，她的表情看起來舒緩多了。

「你該不會不知道北枕吧？」

波留看著汐音的目光透著懷疑。

「知道啊。把枕頭放到北方就會出事，對吧？」

「對，北方是死者頭顱朝向的方位。如果我們把熟睡的人的枕頭移動到北方，他就可能會夢見死亡。你也很清楚，那是自古以來的禁忌——」

「這樣說起來……波留。」

「什麼事？」

「北方是哪一邊啊？」

聽到汐音的問題，波留差點又想敲他的頭，勉強在最後一刻忍住。

「你住在這裡幾年了？至少也要把北方在哪裡搞清楚。」波留調整滑落的眼鏡，「北方是這邊。」

「啊，波留，糟了。」

「你，該不會……」

「嗯，有幾次……不，搞不好每一次，我都是把枕頭移到那個方向……」

「慘了。」

波留觀察著弓子的臉，輕拍臉頰試探她的反應。弓子卻只是嫌煩似地轉開頭，沒有要醒來的跡象。

「她到底怎麼樣了？」汐音擔憂地問，「我今天可是什麼都還沒做喔。」

「就算你什麼都沒做，人也會做夢。特別是你最近每天都讓她做夢，她的心已經困在夢境裡了……說不定她再也無法離開夢境的世界了。」

「那、那該怎麼辦才好？」

「只能進去她的夢裡了。」

「咦？還可以這樣嗎？」

「爺爺很久以前講過。爺爺講話你都沒認真在聽，大概沒有印象……」

「爺爺講話太囉嗦了啦。」

「人在睡覺時，會把靈魂寄宿在枕頭上休息。夢境，就是枕頭上靈魂的記憶。我們可以藉由把枕頭翻面或移動枕頭來操控夢境……意思就是，夢，就藏在枕頭裡——」

「別講這些理論了，趕快告訴我現在該怎麼做。」

「把她的枕頭拉出來，自己躺上去，就能跟她進入同一個夢境。」

「懂了，那我來！」

「等一下，我去。你沒有進過別人的夢境吧？」

「可是這一切都是我造成的，讓我去。」

「你肯定是打算把她從夢境硬拖回來吧？那樣不行。要帶她回來，必須要讓她自願選擇回到現實世界才行。簡單來說，就是必須要讓她醒過來。」

汐音神情複雜地垂下頭。

「萬一她太眷戀夢境，也有可能再也醒不來，那麼我也會被困在她的夢裡，到時就換你出場了。汐音，你在這裡守著，如果我身上出現任何異狀，你就立刻把我叫醒。」

「我明白了。」汐音心一橫地同意了，「她就拜託你了。」

波留默然點頭。

這不是波留第一次進入他人的夢境。他曾出於好玩偷窺別人的夢，卻沒想到夢的世界遠比他所想像得還要恐怖。夢裡面的時間跟空間並不穩定，是一個極為動盪又陰森的世界。那次的經驗令波留明白，不該因為好奇就擅闖別人的夢。

但現在非去不可。弟弟捅出來的婁子，哥哥自然有責任出面收拾。而「反枕妖」搞出來的問題，也該由「反枕妖」來解決。

波留輕輕將弓子頭下方的枕頭抽出來，擺在她旁邊，他躺到榻榻米上，頭倚上殘留著她髮香的那個枕頭。

「希望是個好夢。」

她的夢境，究竟是一個怎麼樣的世界？

波留闔上雙眼。

9

「等我！」

弓子跑過去，一把抓住他的手。

他回過頭，微笑。

身上已沒了那層詭異的陰影。

先前每次都差了一點、無法觸及的那隻手，此刻終於握在自己手裡。毫無疑問，是他的手。不可能忘記，那個觸感依然清晰地留在弓子的記憶之中。

「妳又遲到了。」

他笑著抱怨弓子。

沒錯，自己老是會遲到，他卻從未因此發脾氣。

「抱歉，讓你久等了。我怎麼感覺好久沒見到你了，為什麼？明明我們一直都在一起。」

弓子歪著頭。

為什麼？自己至今一直在胡思亂想。一直認為他已經不在這個世界上，拋下自己一個人孤零零的。

明明他就在身旁啊。

遠方天空，積雨雲正不斷膨脹著。

他會不會再告訴我有關雲的故事呢？

「好了，走吧。」

他說，拉起弓子的手。

兩人並肩而行。

在這片草原的彼端，肯定有一片從未見過的天空——

「弓子！」

突然，背後有人叫住自己。

弓子訝異回過頭。

那裡站著一名全身濕透的男性，身穿和服戴著眼鏡，弓子知道自己認識他，卻怎麼也想不起來他是誰。

他怎麼搞得全身濕答答的？簡直就像忽然遇上一場大雨似的，可是現在天氣明明這麼晴朗。

「弓子，這裡不是妳該來的地方，我們回去吧。」

「那個……請問你是……？」

「波留！睡蓮莊的波留！」

「睡蓮莊——」弓子頭陣陣發疼，「啊，對了，明天也要早點起來打掃……」

「沒錯。妳有必須回去的地方。妳該前進的方向，不是那裡。」

「可是，他……」

弓子的手還握著那個心愛的人。

可是為什麼？忽然好想哭。

好像有什麼話必須向他訴說。對，自己原本的目的並不是跟他一起去看天空才對。早就下定決心，在這裡見到他後，要告訴他一句話。

那句話……到底是什麼？

印象中，是為了日後要一個人向前走，非常重要的一句話。

一個人？

「他已經不在這個世界上了。」

波留的話貫穿了弓子的心臟。

在沒有他的世界，一個人活下去。

必須活下去。

「妳跟他共度的美好時光，都藏在妳心中。只要看著這個世界，就能明白妳有多珍視那些回憶。妳一直很害怕吧？害怕時間終有一天會抹去這個世界……害怕自己終有一天會忘記那個重要的人。」

必須放下他，獨自活下去。

現實太過殘酷了。

「別擔心，妳不會忘記他的。不管過了多久，這個世界都會一直深藏在妳心底。」

弓子的視線順著兩人交握的雙手，挪向他的側臉。

他的目光則盯著天際遙遠的彼方

他眼中正望著什麼？

從前，他所凝視的世界，就是弓子的世界。然而此刻，弓子已經不曉得他目光的另一端有些什麼了。

明明近在咫尺的戀人，對弓子卻忽然成了最遙遠的存在。

事實上，他已經不在了。

這種事自己也很清楚。

很清楚，只是……

「我……我一直很害怕孤單，覺得自己一個人根本活不下去。」

弓子對他說。

他回頭，露出微笑。

正因為無法忘懷這張笑臉，才會一次又一次造訪這個世界。

可是就連這張笑臉，也不過是記憶的重現。

今後必須自己活下去。

所以……

「我一開始就決定好了，有句話一定要告訴你。我不能再繼續留在你身邊了。我必須走了，所以我最後想要跟你說——」

弓子放開他的手，從他身邊離開一步。

「我走了。」

弓子朝波留邁出步伐。

才不會哭。

根本沒必要哭，因為這並非道別。

自己只要抬頭挺胸朝新的地方前進就好。

這時，原本在遙遠天際的積雨雲突然炸開，轉眼之間就覆蓋住整片天空。雷聲轟隆作響，雷陣雨驟然落下。

弓子回頭，站在原地的戀人已成了漆黑的影子，只有兩顆眼睛發出白色的光芒。

弓子逃跑似地奔到波留身邊。

「這是怎麼一回事？」

「妳的執念想抓住妳！」

化為黑影的戀人身後，地面不住震動，崩塌成深不見底的大洞，而且範圍持續擴大。

「先逃再說，萬一掉進那個洞裡……」

「會怎麼樣？」

「我也不知道。」

弓子跟波留拔腿就跑，四周的草原不知從哪裡滲出水來，早已化為一片濕地。霧氣逐漸瀰漫，遮蔽住視線。自己剛才是從哪個方向來的？話說回來，這裡有出口嗎？

「階梯一定在某個地方。」

弓子大聲說，壓過驟雨的聲音。

「可是到底在哪……」

地面崩塌得越來越快，漆黑大洞的邊緣緊緊追著弓子和波留，黑暗勢不可擋地迅速擴散。

這樣下去一定會被追上。

終於，弓子腳下的地面也塌陷了。

弓子失去立足之處，眼看就要遭到黑暗吞噬，波留慌忙伸手去拉她，卻遲了一步。

弓子的身體漂浮在半空中，逐漸朝黑暗墜落。

就在此刻，從濃霧中伸出一隻手臂，強而有力地抓住她。

「抓好，一起回去了！」

是汐音。

汐音勉強在尚未崩塌的地面踩穩腳步，一把將弓子拉回來。但腳下那一方土地隨即劇烈晃盪，一塊塊剝落。

「快跑！」

汐音大喊，弓子再次狂奔。

「汐音，你來啦。」

波留開心地笑了。

「嗯，畢竟事情變這樣都是我的責任。」
「好，快帶我們去出口。」
「知道了！……那個，出口在哪個方向啊？」
汐音凝視著眼前的濃霧。
在霧氣稀薄之處，驀地顯現出一個幽暗的洞。
「找到了，階梯在那裡。」
從洞的邊緣可以看見朝下方延伸的階梯。那肯定就是出口。弓子跑第一個，波留兄弟殿後，三人一起奔下階梯。

10

弓子醒了。
剛才的夢境依然歷歷在目。身處在夢裡時，不覺得時間過了很久，但此刻初昇的陽光已照亮門扉。
床鋪旁躺著波留，再隔壁則是汐音。他們好像也才剛醒。看見兩人躺在自己房裡，弓子並不特別驚訝。
枕頭在汐音的頭下。雖然不曉得是用什麼辦法，但他們透過某種方式將自己從噩夢中拯救出來。

「總算是順利逃脫。」

汐音一臉得意地說著，爬起來。

「弓子，妳沒事吧？」

波留關切地問道。

「嗯……」

醒來的感覺好不可思議，彷彿一切都雨過天晴了。

一定是因為自己終於告訴他了。

今後一個人也能好好往前走的。

已經沒問題了……吧。

「弓子，妳一定有很多事情想問吧？我們的身分，還有昨晚發生的事……」

波留凝重地說。

「哇！已經這個時間了！」汐音看了一眼時鐘大叫，「喂，妳該去打掃了。要是翹班老闆娘會生氣的。快點，快起來去工作。」

「是、是！」

不能讓夢裡的他取笑自己，一定要昂首闊步地活下去。

就這樣又展開了沒有他的新的一天。

親愛的晃晃妖

1

房間不知何時早已陷入一片漆黑，但檯燈下的那張原稿仍舊一片空白。

「你又沒開燈就在畫圖了。」

妻子走進房裡，打開電燈。

螢光燈亮晃晃的光芒刺得我瞇起眼睛。

「我什麼都畫不出來。」

我抱住頭。小時候大家都稱讚我很會畫圖，可是自從我走上漫畫家這條路，漸漸沒人讚美我了。年過三十的現在，我的漫畫總是遭到嚴厲的批評。

「沒關係，你不用心急，總有一天大家會看見你的才華。因為我認為你很棒啊。」

妻子鼓勵的話語替我點起一盞希望之燈。那盞燈既明亮又溫暖。

「要不要休息一下？」

她柔聲詢問。我搖搖頭，不能老是撒嬌。儘管待在桌前也不見得有用，我還是想再努力一下。

那也是因為我不想辜負她的期待，竭盡所能地逞強。

她走出房門後，我又抱住頭。

手機響了。

是漫畫雜誌的編輯部打來的。前陣子我參加了新連載的徵選，結果落選了。

「請問您之前給我們看的那份原稿還留著嗎？」

「咦？還留著……」我還搞不清楚狀況，就先給予肯定的答覆，「有什麼問題嗎？」

「如果您方便的話，可以先把已經完成的部分盡快寄給我嗎——那個，其實，之前徵選獲勝的那位新人突然生病過世了。」

看樣子編輯部決定起用我來代替過世的漫畫家。

這情況也太出人意料。

獲得連載機會我當然高興，只是心情頗為複雜，沒辦法打從心底感到喜悅。徵選輸給那位新人時，我嫉妒對方年輕又有才華，甚至萌生過「只要對方死了，搞不好機會就落到我頭上了」的想法，沒想到此刻那個念頭居然成真了……

雖然對對方不好意思，但幸運女神終於要眷顧我了嗎？

我告訴妻子這件事，她開心得好像自己的事一樣。只是，我沒提起代替過世漫畫家一事。我也要點面子，她應該不會介意吧。

我趕緊檢查連載要用的原稿。

幾個月後，刊登我的漫畫的那一期雜誌終於在書店上架了。我特地跑去書店買了一本，滿心驕傲地回到自家公寓，沒想到妻子早就買好十本在家裡等我回來了。

「我要分送給其他鄰居。」

「不要啦，多不好意思。」

我阻止了她的計畫，卻很感謝她的好意。

我跟她是在學生時代認識的，三年前結婚。我收入不穩定，又不曉得到底有無才華，她竟然願意跟我結婚。如果不是她一直鼓勵我，我早就熬不過種種挫折，一蹶不振了。

「對了，你聽說了嗎？最近公寓附近好像出現了可疑分子。」

「可疑分子？」

我側首不解。

「聽說一樓的太太好像看到一個奇怪的人，現在嚇得連話都說不出來了。」

變態嗎？這棟公寓小孩子很多，確實有可能遭人盯上。我們沒生小孩，在這一點上倒是少操很多心。

她從前老是為生不出孩子而煩惱，這是我們夫妻之間唯一一個大問題。平常她個性開朗，但只要一提到此事，情緒就會明顯消沉。

因此我總會盡量避開孩子的話題。

「真叫人擔心。萬一妳碰到什麼事，就立刻報警。」

妻子點頭。看起來卻沒有太當一回事。這時，我其實也還認為事不關己。

隔天我去出版社開會，結束後便打道回府，車子正要開進公寓的停車場準備停車時，發現有幾台警車停在空位上。

我下車，快步跑到公寓的大門口。心裡想著「不可能」，還是忍不住抬頭察看自家公寓的窗戶。看起來沒有異狀。幾名看似調查員的男人不斷進出公寓大門，卻沒有多瞧我一眼。

跟坐電梯下來的男性擦身而過時，我詢問他究竟發生了什麼事。這個人雖然沒見過，但應該是這棟公寓的住戶。

「聽說一樓○○家的太太去世了。她在老公出門後，不曉得什麼病突然發作，猝死了。」講到這裡，男人壓低聲音，「我聽說她從昨天開始就怪怪的，你知道昨天那件事嗎？」

多半就是妻子說她遇見可疑分子那件事吧？這麼說來，過世的正是看到可疑分子的那位女性嘍？

「聽說她昨天臉色發白地四處跟人說『看到恐怖的東西』，結果今天房間就傳出怪聲，請房東跟警察過來看，才發現她雙眼圓睜死了。她看到的東西可能真的很嚇人，像是一看到就會死的——」

一看到就會死——

這幾個字悄悄喚醒了我的記憶。

回顧人生，我身邊有很多人相繼死去。

前陣子的新人漫畫家也是。

我成為漫畫家前，曾在一般企業工作過一年，當時也有一個上司過世。討人厭的上司。老是擺爛把自己的工作丟給我，害得我常常要加班，最後還把身體搞壞了。那件事也是促使我轉行當漫畫家的導火線。

不僅如此，高中時也有一個要好的同學在大考前驟然過世。大家都在傳他是自殺，但我很清楚，他一直很期待隔年就要展開的大學生活。結果到最後，校方都沒有向學生說明詳細的死因。

儘管他們的死亡都帶給我相當大的衝擊，我卻不曾細想這些事。任誰都會碰到認識的人過世這種事，沒什麼稀奇。

可是現在回頭想想，他們都死得太過突兀了，有點不自然。

他們是不是遇上了什麼異常的情況？

譬如，見到了帶來死亡的「某個東西」——

我心裡有數。

我慌忙趕回家，語氣急迫地問妻子：

「上次說的那個可疑分子，妳也看到了嗎？」

「咦？怎麼突然問這個？」

「妳看到了嗎？」

「沒有，我只是聽說而已。」

妻子一臉莫名其妙地歪著頭。

我放下心來，拍了拍胸口。要是妻子也看到那個東西，或許現在就跟一樓的太太一樣發狂而死了。

「我們要不要搬家？」我在她表示意見前就逕自往下說，「我差不多也該找助手了。這裡就當工作室，我們去找一間更大的房子住。」

「咦……？嗯、嗯……」

妻子見我神情迫切，有些不知所措。

要是那個「一看到就會死」的東西真的在附近出沒，說不定妻子有一天也會撞見，必須盡快讓她遠離這間公寓才行。

「行李可以之後再搬，我們先帶一些貴重物品過去就好。」

「你的稿子被逼得這麼緊嗎？沒問題吧？」她流露出不安的神色，「只帶貴重物品的話，一個包包就夠了。」

「那妳先整理好。」

十天後，我們已經租好另一間房子，搬進去住了。那是一間附家具的短期出租公寓。妻子真的只帶著一個裝「貴重物品」的包包就搬過去了。她心裡想必有不少怨言，卻沒有多問，應該是認為我也是出於工作需要才不得不搬家吧。

這樣一來，總算能先放心了……

只是，總不能一直逃跑。

我總要好好面對那段過去。

要讓她明白，這裡並非她該出現的地方。
能辦到這件事的，肯定只有我了。
與「晃晃妖」一起度過那年夏天的我，十分清楚這一點。

2

我第一次碰到身邊有人過世，是哥哥的死亡。哥哥也是不明原因的猝死，他的死充滿了疑點。當時我跟哥哥還在讀小學，暑假我們去鄉下爺爺家玩。那個農村位於盆地，遼闊土地上滿是水田。鄉村風光恬靜悠然，彷彿近百年來的時光一直靜止著。

那一天很熱，太陽攀升至最高的位置，田裡的碧綠水稻如波浪般不住起伏。我跟哥哥跟平常一樣，要去山上玩。

忽地，哥哥停下腳步，伸手指向田地的另一頭開口說，「那是什麼？」

翠綠稻浪的彼端，有一縷白色的、細細的、宛如煙霧冉冉升高，好似影子的東西。那跟焚燒稻梗的濃煙又有所不同，好像有實際的形體。

「我去看一下。」

哥哥拋下我，身姿輕盈地跳過渠道，跑進田裡。我也想跟上去，無奈當時年紀還太小，跳不過渠道，只好繞遠路從木板橋過去。

等我好不容易過了橋，抬頭朝田地另一端看去時，卻不見哥哥的身影，剛才那個像白色影子的東西也消失了。我大聲喊哥哥，往他本來應該在的位置跑去。

哥哥臉朝下地倒在田埂。

我慌張想叫他起來，但一瞥見哥哥轉向側邊的臉孔，頓時停下所有動作。哥哥雙眼瞪得老大，懼意在他臉上凝固著。我不曉得哥哥當時是否還有呼吸，只知道不管我怎麼叫他，他都不起來，我只好飛奔回家告訴爸媽這件事。

爸媽趕緊送哥哥去醫院，哥哥卻沒有再回來了。醫師說他出現了中暑的症狀，可能是因此過世的，但一直到最後都沒能找出確切的原因。

不斷有人要求我說明哥哥死前究竟發生了什麼事。

令人印象最深刻的，是跟爺爺的那次對話。

「你也看到了嗎？那傢伙。」

「看到……什麼？」

「你哥哥看到的那個東西。」

「白白的、左右晃動的東西嗎？」

「啊啊……果然看到了……」爺爺神色略顯慌張地說，「那傢伙叫作『晃晃妖』，不是該出現在這個世界的東西，屬於另一個世界。據說只要一看到那傢伙就會死。」

「一看到……就會死？」

「你去那邊站一下，我要看你的影子。」

我按照爺爺的指示站起身。

爺爺眉頭深鎖凝視著我落在榻榻米上的影子。

「沒事，還沒出現死亡的顏色。你只是遠遠看到，才平安無事吧。你聽好，如果之後再看到『晃晃妖』，千萬不要靠近它，裝作什麼都沒看見走過去就好。這一帶的孩子都是這樣應對的，只是你們是城市來的，不知道也沒辦法……乖，這些事別跟其他人說，這可是禁忌……」

我遵照爺爺的叮囑，沒把「晃晃妖」的事告訴任何人。不過與其說我聽話，實則我根本不相信「晃晃妖」真的存在。一開始聽見這件事時，我確實嚇得渾身一震，但回到城市生活後，越想越覺得那多半只是老人家一時的胡言亂語。我們看到的那個白色形體只不過是看錯了，哥哥一定是像周遭大人說的死於中暑吧？

哥哥過世後的隔年夏天，爸媽把我送去爺爺家。那一年，我第一次必須獨自度過漫長的暑假。爺爺從頭到尾都反對我去村裡，可是爸媽由於工作的因素，不得不送我過去。爺爺多半是擔心發生跟去年一樣的悲劇吧？

「爸，弟弟就拜託你了。」

爸爸在爺爺家放我下來，只說了這句話，就朝田地的方向開車離去，消失在我的視線範圍裡。

爺爺凝望著遠方的天空，說：

「今年也會很熱喔。」

風吹拂過翠綠的稻田，我拭去額頭滲出的汗水，跟在爺爺後面走進屋裡。

爺爺帶我到一間鋪著榻榻米的和室，宣布「你就住這間」。以前哥哥在時，我從不會覺得無聊，但現在一想到自己得一個人在這間沒有電視也沒有漫畫的房間住上一個月，就不由得嘆了口氣。

我在村裡又沒有朋友，以前會陪我玩的哥哥也不在了，最後，我決定畫圖。除了畫圖以外，沒有其他方法可以一個人打發時間了。

我帶著素描本在爺爺家附近亂晃，一開始爺爺會叮嚀我不要跑太遠。

但沒多久附近都逛膩了，我自然就越走越遠。

「你要小心『晃晃妖』。」

爺爺話中的警告意味顯而易見。大人要罵人時，總愛抬一些妖怪出來威嚇小孩，我一直以為「晃晃妖」也只是嚇唬小朋友的手段。要是真有這種妖怪，我反倒想親眼見識一下。

那一天，氣溫高達三十五度，炙熱的陽光扎得我眼睛都快睜不開了。我戴上麥稈帽，拿著素描本，沿著渠道旁邊走，四處看看有沒有有趣的新鮮事物。

我一路朝上游走去，發現一條小河。天然小河潺潺流動著，河水似乎會連接到渠道，用來灌溉水田。

我順著那條小河繼續往上游走，意外看見一座年代已久的石橋。橋身狹窄，頂多能容兩個人錯身而過。
小橋另一頭的道路極為靜謐，再往前就是如隧道般覆蓋在蔥鬱樹林中的山路。此處安靜得令我不禁胡思亂想，這座橋該不會古老到連附近居民都忘記它的存在了吧？
仔細一瞧，石橋上的景象漂浮晃動著。
那是空氣受熱所產生的幻影吧？我出神地凝視著那道幻象，察覺晃動的空氣中居然逐漸出現一個白色帶狀物體。
是「晃晃妖」！
我立刻明白，那就是哥哥過世當天在田地另一端看見的白色東西。
一看到就會死——
儘管知道這件事，我卻移不開目光。
那究竟是什麼？
哥哥真的是它害死的嗎？如果是真的，它到底是什麼玩意兒？我內心湧起一股渴望，想親手揭開它的真面目。驅動我的或許是一種幼稚的冒險精神吧，也可能只是天氣太熱一時昏了頭。
我趕緊翻開素描本，畫下「晃晃妖」。
大概只過了五分鐘左右？沒多久「晃晃妖」就消失了，那座石橋上空蕩蕩的。
我興奮莫名，今天成功向「晃晃妖」不為人知的真面目靠近一步了。更重要的是，我還活著。
我深感自己完成了一項壯舉。

不過我卻猶豫著是否該告訴爺爺。爺爺八成會生氣，畢竟我打破了禁忌。等解開所有謎團後再講好了。到時候，村子裡的小朋友一定就不用再怕「晃晃妖」了。

為此，我必須更了解「晃晃妖」……

隔天依然相當炎熱。

我抓起素描本跑出爺爺家，直奔那座石橋。心裡幾乎不存在萬一運氣不好可能會死的恐懼，反倒充滿了一定要解開謎團的使命感。

沒多久，就遠遠看見石橋了。

它在。

那一天，空氣果然也因受熱出現了模糊晃動的現象，而那個白色的東西，就在那裡。那傢伙的身體像在微微顫抖似地不住起伏。

情況卻與昨天不同。

此刻，我可以看清楚它的外貌。

是一位坐在石橋邊緣，雙腳伸向河面的女性身影。

她先來的嗎？

我緩緩走近橋。

那一片白色原來是她身上穿的白色洋裝。她垂著頭，似乎在哭泣。原來剛才看起來微微顫抖，是由於不斷抽噎的緣故吧？她抬起右手拭去淚水，時而晃動雙腳。她腳下，河面閃耀著光輝。

她忽然抬頭，看往我的方向。

那雙眼睛方才都被長髮遮住了，但四目相交的瞬間，我就明白了。

她顯然不知所措，縮了縮身子，從長髮間隙中勉強可見的眼睛流露出懼意。

我終於確定。

她不是人類——

外貌特徵就證明了這一點。很不可思議，她的身體沒有色彩，全身上下能夠清楚辨識出顏色的，就只有那件純白的衣裳。其他像是頭髮、肌膚、眼珠等，全是灰色的。儘管都是灰色，每個部位的濃淡各自不同，看起來有點像黑白照片。失去色彩的她，身處於色澤鮮明的夏季藍天下，這個對比強烈的畫面給人一種奇異的感受。

但我不認為她看起來很異常，反而普通到叫人吃驚，我還以為會出現什麼更嚇人的怪物。

沒想到……居然長得跟人類如此接近，又縮著瘦小柔弱的身子哭泣，完全看不出來她是會讓看到她的人死於非命的怪物。

她真的是「晃晃妖」嗎？

我想確定這件事，便慢慢朝她走近。目前為止，我的身體尚未出現異狀。說不定「一看到她就會死」這件事，打從一開始就是個誤會。

終於，我踏上石橋。

原本她一直像隻被野獸盯上的小貓一樣緊緊盯著我，然而當我靠近到伸手就能碰到她的距離時，她猛然彈起身，身子一縮就要逃跑。

「等一下！」

我不假思索地叫住她。

沒料到她突然朝我伸出右手臂。

我根本來不及躲開，她的指尖觸及我的額頭。

她手指擦過的觸感宛如一陣風。明明她理應是碰到我了，我卻沒有感受到人類肌膚的熱度與質感，那種感覺更像是一股空氣震動，一股撲面而來的氣壓。

我不明所以地回望她。她似乎還在哭。灰色長髮蓋住眼睛，我看不到她此刻的表情，不過她似乎很怕我。

「那個……」

我正要說話時，她驀地縮回手，轉身跑下橋，轉眼間就消失在田埂彼端，簡直像在白晃晃的陽光中融化了一樣。

我怔怔地杵在原地，等回過神，才發現已過了好長時間，太陽都快下山了。我直接走回爺爺家。

那天夜裡吃晚餐時，爺爺直盯著我瞧。

「今天是不是發生了什麼事？」

爺爺問話時，目光彷彿正注視著我身後某種東西似地穿透了我。

「咦？」

「你影子很黑。」

「影子？」

我望著自己在日光燈下的影子，看不出與平常的差別。

「你一個人很無聊吧？」

「嗯，對啊……」

「如果遇上什麼事，可以告訴我。」

我不置可否地點頭。

雖然不曉得爺爺究竟在我的影子裡看出了什麼蛛絲馬跡，但我其實也猜得到怎麼回事。她觸碰過的額頭依然殘留著幾分奇特的感受。這件事我說不出口，爺爺凌厲的目光太嚇人了。

3

現在我很肯定她就是「晃晃妖」。

一看見就會死，這項詛咒之所以沒有在我身上發揮效用，多半是因為我適應了。哥哥過世那次我就看見「晃晃妖」了，在橋上碰見她的前一天，甚至還一直盯著「晃晃妖」畫下速寫，或許是我在這個過程中早已慢慢習慣死亡了吧？

大家會稱呼她為「晃晃妖」，是因為遠遠望見她時，景色看起來就像左右晃動一般，近似透過歪斜玻璃看東西的效果。事實上每次她現身時，都會伴隨著炙烈陽光造成的空氣擾動，是這個自然現象導致了歪斜玻璃的視覺效果。

說不定，那種晃動也是這個世界與那個世界相連接而形成的力場扭曲。

不管原因究竟是哪一個，當時我根本沒想那麼多。那時年紀還小，容易接受新事物，就算世界有了天翻地覆的變化，也能迅速擁抱新現實。不然我大概會很害怕「晃晃妖」吧。

她觸摸到我的隔天，我也去石橋找她了。心情既歡喜又緊張，興奮地簡直像要去見一個剛認識的新朋友。

她果然在那座橋上。

不過我卻沒看見那股奇異的扭曲，更要緊的是，她整個人癱軟在橋上，一副氣力耗盡倒地的模樣。

我慌忙走近，關切地問：

「妳還好吧？」

她的長髮從背後披散在橋上，我一邊小心避免踩到那些頭髮，一邊在她身旁蹲下來。她呻吟著，應該是身體不太舒服。

我叫了她好幾聲，她才勉強抬起頭看我。那雙烏黑的眼睛從纖長睫毛下望著我，焦點卻無法集中。

她輕啟唇瓣說了些什麼，但我聽不見她的話，她的聲音似乎沒能形成音波。

難道她不會說話？我領悟到這一點，趕緊把素描本跟鉛筆遞過去，她維持趴著的姿勢就在素描本上寫了起來。

歪七扭八、好像在發抖的字跡。她在紙上寫了四個字。那幾個字實在太醜了，很難看懂到底寫些什麼。

「油豆腐皮。」

她寫的確實是這幾個字。我念出來後，她點頭。

「油豆腐皮？」

她再次點頭。

「妳需要油豆腐皮？」

她點頭，放下素描本。

要油豆腐皮做什麼？我實在想不透豆腐皮除了拿來吃還能幹什麼，但不管怎樣，她現在似乎就是需要那個。

「我知道了，我去拿來。」

說完，我就要離開，她卻像要阻止我似地伸出手，試圖拉住我的手。只是大概太過虛弱，連碰都沒碰到我，但我頓時就明白她的意思。

「我不會叫別人過來的，妳放心。」

我讓她一個人留在原地，直直跑回爺爺家。使盡全力衝刺十分鐘左右之後，我滿頭大汗地衝進家裡，立刻去翻冰箱，先把紙盒裝的麥茶倒進杯子，一口氣喝乾。幸好爺爺應該是出門去了，不用面對他狐疑的臉色。

我一手拎著空杯子繼續察看冰箱，終於找到一片油豆腐皮。原本一包應該有兩片，但一片已經吃掉了。我趕緊把豆腐皮拿出來，再抓起那瓶麥茶，又跑了出去。

我氣喘吁吁地跑回石橋，她依然癱在橋上，姿勢跟剛才一模一樣。

我遞出油豆腐皮跟麥茶，她起身，瞧都不瞧麥茶一眼，空手從袋子中拿出豆腐皮。我看著她要做什麼，沒想到她直接大口吃了起來。我還在目瞪口呆時，油豆腐皮就全進了她的肚子。

原來是肚子餓了……

她抹了抹油亮的嘴角，站起身，像是突然恢復了力氣。前後變化大得令我不禁懷疑自己看錯了。上一刻還氣若游絲地軟倒在地上，此刻卻站得又穩又直。

「妳已經沒事了？」

我擔心地問，她略微不好意思地點頭。

接著，她蹲下去，又在素描本上寫了起來。她煞費苦心寫完後，才將本子拿給我。

乍看之下實在看不懂她寫了什麼，字體歪斜得太厲害。

「謝謝。」

我讀出聲後，才發現她是要跟我道謝。

她聽到我念出來後，輕巧地跳起來，在炎熱陽光下跑了出去。我慌忙跟上去，卻已遍尋不著她的身影。夏風徐徐吹送，一整片碧綠水稻安穩搖曳著。

她是幻影嗎？

不可能。素描本還有她寫下的字跡。小朋友般的拙劣字跡，令人不禁莞爾一笑。

接連幾天，我依舊天天往石橋跑，她卻沒有出現。

或許不會再見到她了。我莫名有這股感覺。這個世界跟那個世界原本就不該有交集，不過是偶然在橋上相會罷了。

我領悟這一點後，就放棄等待她，反倒因自己想見她的心情感到訝異。回過神，才發現素描本上多了好幾個我憑印象畫下的她。

這次真的是最後一次了。我下定決心，特別跑到距離爺爺家好幾公里遠的超市買了十片油豆腐皮，在黃昏時分來到石橋。

我提著裝滿油豆腐皮的塑膠袋站在橋上，凝視著橘紅色太陽在小河上倒映出的亮光。山上烏鴉叫個不停。我到底在做什麼？如果站在第三者的角度來看此刻的自己，肯定覺得很奇怪。

拿油豆腐皮來又能怎麼樣？在空中盤旋的烏鴉似乎對豆腐皮虎視眈眈，讓我很害怕，可是又不能丟進河裡。

不如放到橋下面好了。說不定她會發現豆腐皮，把它們拿走。

我正要往河堤移動時，才注意到橋下有個人影在動。

是她。

她從橋下一臉渴望地抬頭看向這裡，目光炯炯地盯著我手裡提的塑膠袋。

「那個……這個。」我朝橋下的她直直伸出拿著塑膠袋的那隻手，「妳要嗎？」

她連連點頭，繞過河堤，快步往我跑過來，依然是那副彷彿足不點地的輕盈身姿。

我們並排坐在石橋邊緣。我將油豆腐皮遞給她，她喜孜孜地打開袋子，狼吞虎嚥起來。是肚子餓壞了，還是太喜歡吃這個？

「還有很多喔。」

我把油豆腐皮都排在橋的邊緣，她一片接一片吃個不停。吃到一半時，大概是感到不好意思，拿起一片遞向我。我接下她的好意，咬了一口，乾吃豆腐皮實在沒什麼味道。

太陽西沉，天色逐漸變暗時，她把所有豆腐皮都吃完了。她的臉蓋在長髮下，看不見表情，但是我能感到她此刻的心滿意足。

「妳從哪裡來的？」

聽我這麼問後，她伸出油膩膩的手指向山。

「這樣啊……我是這邊。」

我指往相反的方向。

她一臉想說什麼的神情，我便將素描本遞過去。她花了整整五分鐘的時間，才終於寫好。

「我沒事了　謝謝」

她想說因為吃了油豆腐皮，體力恢復了嗎？

「我差不多該回去了。」

我起身，她也跟著站起來。我走了幾步，突然回過頭時，已不見她的身影，只有靛藍色的黑暗籠罩著山麓地帶。

自那一天起，每次我去那座橋，她一定都在。

如果我帶油豆腐皮過去，她就會開開心心地吃光，我則在一旁將她開懷大吃的身影畫下來。然後我們就一起坐在小橋的邊緣上，凝視著河水消磨時間。

「妳知道大家都叫妳『晃晃妖』嗎？」

我發問，她卻搖了搖低垂的頭。關於一看到她就會死掉的這個現象，我一直很想詢問本人的看法，只是這個疑問總不免透著責怪她的意味，令我踟躕不前。

我們依舊不太能溝通，需要藉文字達意時，就必須透過素描本。她寫一個字就要花上好一陣子，我每次都得耐著性子等她寫完。

結果，我跟她一起度過的時光，有一大半都在教她寫字跟用詞。

暑假只剩下差不多一週時，我教了她一句話。

「這是道別時要說的話。」

我在素描本寫下「再見（註）」。她知道幾句打招呼的用語，卻不曉得該如何道別。每次都是臨到黃昏，一言不發就消失在山裡。我一直暗自希望她至少能先講一聲，讓我知道她要走了。

「再見。」

她拿起鉛筆描我的字。

「啊，不過『再見』有一種從此不會再見面、很落寞的感覺。這個比較好。」

我翻到素描本下一頁，思考片刻，才又寫下「下次見」。

「我們道別時，要講這個。」

「說再見，就不會再見面了？」

她花了好久寫下這幾個字。

「嗯，再見這兩個字本身，沒有期待下次再碰面的含意在。」

「我們還能碰面嗎？」

「大概吧。」

暑假就快結束了，到時我就必須回到城市裡。

我們還會碰面嗎？

天色一寸寸暗下來，她在素描本寫上「下次見」。原本她總是一到該回去的時間就突然離去，

註：原文是さよなら，在日文中是非常正式的告別用語，隱含著下文所說的從此不會再見的含意。

只有今天特別留下了隻字片語。

「好——下次見。」

我朝她往山裡走去的背影揚聲說道。

4

隔天，悲劇發生了。

我早就決定所剩無幾的暑假都要跟她一起度過，只可惜事與願違。我一如往常朝小河上那座石橋走去，沒注意到身後跟著一個村民。

回想起來，那一天她周遭的空氣晃動似乎比平常更加劇烈，或許正是她察覺到其他人的緣故。

我揮手，朝她走近時——

身後一段距離的地方，傳來了奇異的慘叫聲。

我回頭，一位脖子上掛著毛巾的中年男性，站在田邊看向這裡。不，他目光對準的多半是我身後的「晃晃妖」。那位男性臉色發青，雙眼盈滿恐懼，神情與哥哥死去時一模一樣。

「喔、喔喔……」

男性艱難地哀嚎，雙膝著地，順勢趴倒在地上。

我立刻跑到他身旁想幫忙，但他已經徹底沒了呼吸。

死了。

這男人是誰？

恐怕是村裡的人。但我從沒見過村民來這裡。他搞不好是恰巧看到我往這邊來，想提醒我「別走太遠」，或者是對我的舉動產生好奇，才跟在我後面過來的？

結果，他不幸看到「晃晃妖」，死了。只要看到「晃晃妖」就會死，這個傳言原來是真的。

我才剛開始懷疑一看到她就會死的詛咒肯定是哪裡搞錯了，我一直希望是搞錯了……直到此刻親眼見證一個人死去的瞬間，我才第一次理解到，「晃晃妖」真的跟我屬於不同的世界。

我放著那位男性倒在原地，趕回石橋。

她還怔怔站在原地，哭到身子發顫，一邊用右手拚命擦去淚水……她似乎對方才發生在眼前的那一幕深感絕望。

為什麼要哭呢？

因為難過嗎？

那不是簡直和人類一樣嗎？

「沒關係，沒關係的。」

我柔聲安慰。

到底是什麼沒關係呢？一個人死了，村子肯定會爆發一場大騷動。我什麼都做不了。一個人死去的事實，沒辦法輕易蒙混過去的。就算把他的屍體藏在路邊，那位男性的家人遲早也會發現，事跡沒多久就會敗露。

我在腦中思索對策時，遠方傳來汽車駛過的聲音。一輛輕型卡車正開過田地的另一頭，是那位男性的朋友嗎？

我頓時明瞭，結束的時刻已逼近眼前了。

「妳現在立刻跑得遠遠的。」我對她說，「快去一個沒有人類，大家不會排斥妳的地方。」

她不點頭也不搖頭，只是頭垂得低低的，一個勁地抹眼淚。

「這裡沒有妳的容身之處。」

我不曉得她能理解我的意思幾成，我只能從那頭灰色長髮輕微的搖晃，來判斷她此刻的心境。她驀地蹲下來，用手指在地面上寫字。跟平常一樣毫無章法、醜不啦嘰的幾個字。

「下次見。」

我點頭，她轉身跑走了。

我一回爺爺家，就躡手躡腳從院子溜進房間。家裡靜悄悄的。我回房後，就窩在棉被上，一副整天都待在房裡的模樣，隨手畫些圖打發時間。實在太安靜了，一切祥和到彷彿剛才發生的事只是一場夢。然而那位男性遭她殺害時的神情，深深烙印在我的腦海中，揮之不去。

外頭天色開始轉暗時，家裡忽然喧鬧起來。有好多客人來，我聽到雜亂的腳步聲。以爺爺為首，數名男人闖進我房間。

「你被附身了嗎！」

爺爺的語氣既生氣又著急。他像平常一樣要我站起來，觀察倒映在地板上的影子。看起來明明沒什麼特別的變化，村裡那群男人卻都倒抽一口氣。

「果然沒錯……」爺爺失望的語調令人心驚，「今天村裡有人過世了。有人說看見你出現在亡者附近，你去那裡做什麼？」

「沒做……什麼……」

我只能模糊回應。

「你太親近『晃晃妖』了。你身上已經寄宿了濃厚的死亡陰影。沒辦法了，我要暫時把你移到安全的地方。」

「安全的地方？」

「你知道爺爺家後面有一間倉庫嗎？那裡平時就定期淨化。只要待在裡面，死亡就不會繼續糾纏你。」

爺爺帶我去那間倉庫，環繞在爺爺四周的那群男人，不知為何紛紛避開我。

爺爺打開倉庫大門，混著霉臭味的潮濕氣息撲面而來。建築結構是兩層樓，裡面還有鋪著榻榻米的座位區。

「在一切結束前，你就乖乖待在這裡。結束後，我會來接你。在那之前，你千萬不能跑出來，可能要花上一天，或是更久……」

「咦？這麼久？」

「要看對方的情況。」爺爺說完，便拿起沉重的門閂，「我會在外面加上門閂。等你可以出來時，你身上的詛咒應該也解除了。」

「等一下，我都不能出去嗎？」

「你已經遭到詛咒了。如果講詛咒這個詞你聽不懂，你就把它想成是會傳染給其他人的疾病。為了避免這個病傳染給其他人，只好委屈你在裡面待一陣子。」

換句話說，我要遭到隔離了。

爺爺雙手搭上門扉，緩緩闔上大門。從外頭斜斜灑進來的潔白月光，逐漸縮成一條細縫。

「你放心待在這裡等，我們現在就出發去淨化那座山。」

爺爺露出和煦的微笑這麼說，神情彷彿透著一股即將賭上性命奮戰的決心。

圍繞在爺爺周圍的那群男人，不知何時都用方巾蒙住自己的雙眼，多半是為了避免看到「晃晃妖」吧。

沒多久，那群男人的氣息已然遠去。

我嘗試推開門，但想當然耳，大門絲毫沒有動靜。我只好打消念頭，回到榻榻米上。

倉庫中幾乎全黑，幸好還有光線不知道從哪裡透了進來。我爬木製梯子上了看似閣樓的二樓，才發現一扇裝有鐵柵欄的小窗戶。雖說是窗戶，大小卻頂多只有一個磚頭那麼大，用來採光的。從那裡可以看見夜裡的山景及星空。簡直像是另一個世界。

爺爺究竟打算做什麼呢？我不曉得淨化那座山，具體來說是要做些什麼。

她已經成功逃走了嗎？

我百無聊賴地躺在榻榻米上。早知道這裡什麼都沒有，至少該帶素描本進來的。室內沒有時鐘，也不曉得現在幾點了。

沒多久，夜漸深時，遠處忽然響起敲擊太鼓的聲音，以每十秒一下的節奏規律響起。跟熱鬧喧騰的祭典音樂相比，這個音色帶著肅穆且令人戰慄的儀式色彩。

我根本睡不著，雙手環抱膝蓋坐在榻榻米上。有個男性村民來倉庫察看情況。一個年輕男人。他打開門，確定我平安無事後，立刻又要走了。

「現在情況怎麼樣了？」

我叫住他，詢問現狀，但他一句話也沒回就關上門，再次上門。他手中握著用來綁住雙眼的方巾。

太鼓聲持續響著，山的方向清晰可見點點火光，一整圈篝火環繞著山麓地帶，看起來瀰漫著一股神祕的氣息。

那副景象魔幻到令我不禁心生懷疑，也許我從去年暑假起，就一直身陷在一場噩夢裡吧？

太鼓聲響了一整晚。

我的心跳也隨著鼓聲逐漸平緩下來。窺視外頭情況，篝火略微朝山頂前進了。

到了早上，爺爺還是沒有回來。我開始害怕了。我該不會得一直被關在這裡，最後孤零零地死掉吧？村裡該不會規定要讓受詛咒的人自生自滅吧？

我只能相信爺爺最後展露的那個微笑了。

中午過後，那個年輕男人端食物來，托盤上擺著許多飯糰。我早就餓昏了，抓起飯糰就狼吞虎嚥吃起來。沒多久，夜晚再度降臨。太鼓聲依然響徹天際，篝火又更靠近山頂了。等那些火抵達山頂時，一切就會結束了吧？

第三天，篝火停止前進。

她現在究竟怎麼樣了？

而我又會變成怎麼樣？不會真的要在這裡關到死掉為止吧？爺爺當時用生病來打比方，萬一我染上的是無從醫治的傳染病，與外界徹底隔離、丟著不管，不正是最安全的處理方式嗎？

我內心的恐懼越來越甚。

第三天深夜，忽然傳來有人拿掉倉庫門閂的聲音。當時我正在二樓窗邊打瞌睡，沒有立刻注意到四周情況的變化。

直到門外有動靜，我才驚訝地跳起來，探頭朝下方一望，有人正在開門。

一切終於結束了嗎？

皎潔月光斜斜射進屋內。

出現在那裡的是「晃晃妖」——她。

看起來跟之前碰面時並無兩樣。

「妳怎麼跑來這裡？」

我跑近她，小聲詢問，同時窺視外頭的情況，看起來一個人都沒有。別說外面了，連家裡都沒人在。

她似乎想說什麼，動了動嘴唇。我趕緊跑回自己的房間，拿來平常用的那本素描本跟鉛筆。遞給她，她動手寫字。

「都是我害的，對不起。」

她好像認為是自己害我被關在這裡。

「不是的，妳沒有做錯什麼。」

我望向自己的影子，在月光下依然漆黑而清晰。

「不過妳居然能找到這裡來，半路上沒有遇見別人吧？」

我發問後，她只是點頭。難道爺爺他們正在舉行的儀式只不過承襲傳統的做法，實際上沒有半點效力嗎？

雖然感激她把我從倉庫裡放出來，但我沒地方可去，看來也只能先在這裡待到爺爺他們滿意為止吧？

我得去拿一些食物來，還有幾本書，才有辦法打發時間。結果在爺爺回來前，我還是沒辦法自由行動。

「謝謝，妳幫了我大忙。」我向她道謝，「但看起來還要花上一段時間，事情才會結束。妳最好快點逃到安全的地方。」

她抗拒地搖頭。

「搖頭也沒用，妳要是繼續待在這裡，他們不曉得會怎麼對付妳。」

太鼓聲不知何時業已停歇。回頭一看，篝火正逐漸朝山頂聚攏，漫長的儀式終於要迎向終點了嗎？

我最好在爺爺到家前回到倉庫裡。

我去了一趟廚房，她安靜跟在身後。我在黑暗中翻找冷藏室裡的食物，取出不需烹調就能直接吃的火腿及小黃瓜，順手把油豆腐皮遞給她。她當場就大口嚼了起來。裡面有一罐沒開封的麥茶，我決定一起帶走。

再回到我房間，把剛剛搜刮來的食物一股腦塞進背包。看樣子儀式應該快結束了，萬一我還得在倉庫裡關上幾天，靠這些就能過活了。準備萬全。

我背上背包，走出家門，繞過主屋，朝倉庫走去。

倉庫的門還開著。

我不自覺停下腳步。

倉庫前站著那個年輕男人。他正從大門縫隙察看裡面的情況。想來是因為倉庫門開了，他察覺情況有異就過來看看了。男人戰戰兢兢地窺視裡面。

他聽到我的腳步聲，霍然轉向這邊。

下一刻，他雙眼瞪得老大，發出淒厲的慘叫聲。他看到「晃晃妖」了。他發狂似地搖晃頭部、奔跑，重重撞上倉庫的牆壁，倒在地上。男人摔倒後似乎還搞不清楚狀況，手腳不停揮舞，恐怕是他的大腦認定自己正在逃跑，身體沒能跟上現實情況。他如同醉漢似地搖搖晃晃站起身，又立刻跌回地上。

就不再動彈了。

我轉向她。看見方才發生的一切，她似乎是最受到驚嚇的那個人。過了片刻，她摀住嘴，渾身發抖，開始無聲啜泣。

不能繼續待在這裡。

我心裡只剩這個念頭。

「走吧。」

我拉起她的手就跑，那種觸感簡直像是抓住一團空氣，不可怕，心裡反倒有股驕傲油然而生。跟她一起，我跑得比平常還快。在黑夜的月光中全力奔馳，全身舒暢地連懊惱與後悔都拋諸腦後了。只要逃得遠遠的，肯定能找到一個適合跟她長相廝守的好地方。盛夏晚風沁涼如水，令我不禁萌生這種錯覺。

身後篝火遍布的那座山已逐漸遠去。我們在山裡不停向前跑，距離暑假待的那個村莊已經非常遙遠了。

儘管比預定的時間提早了些，就回城市去吧。應該也不是走不到的距離，何況我現在跑得這麼快。

不過她忽然停下腳步。

我自然跟著停下來。

在高聳杉樹林立的山路上。

「怎麼了？」

我遞出素描本，她寫字回答。

「我出不去」

「出不去？妳出不去這個村子嗎？」

她點點頭。

定神一看，她身體的灰色似乎變淡了，我幾乎都能透過她看見背後的月亮。

「妳離開出生的地方就會消失嗎？」

她搖頭。搖頭是代表不對，還是不知道？我無從判斷。

「那我們就要分開了呢……」

我說完，她又搖了搖頭。

我們沉默了一會兒，又放慢速度走了一段山路，她的身體越來越透明。

「這樣下去妳會消失。」

她低頭看自己的模樣，輕輕點頭。

又在素描本上寫字。

「對不起。」

「為什麼道歉？」

她沒有回答，只是忍不住哭了出來。到頭來我只能眼睜睜看著這個愛哭鬼流淚，什麼忙都幫不上。

「我會再拿油豆腐皮來的。」

我笑著說，她扭捏了好半晌，才點頭。中間還數度抬起手臂擦眼淚。

「妳回村子後要怎麼辦？妳有辦法躲起來不被任何人找到嗎？」

她點頭。

接著，她緩緩舉起手，指向山路的前方。

「那裡是村子的出口？」

她點頭。

「謝謝，那我走了。」

她最後一次拿起鉛筆，在素描本寫下：

「我一直　想變成　人類」

後面還接著三個字。

「下次見」

那瞬間，不知何處傳來了震耳欲聾的太鼓聲，聲音出乎意料地接近，而且聽得出聲勢浩大。她揮手催促我趕緊離開村子。我甚至來不及收素描本，就頭也不回地往前跑。

沒多久，山路到了盡頭，我跑上鋪著柏油的國道。

當然，她沒有跟上來。

5

我走了整整半天，才回到自家所在的城市。時間已過正午，熟悉的街道立刻將我拉回日常生活。那一刻，至今發生的一切忽然像是一場蒼白的謊言，而我的影子，也不過是隨處可見的普通人影。

後來爸媽痛斥我一頓，還強迫我去醫院檢查，印象中發生了好多事，但我記不清細節，只知道那年夏天的尾聲爺爺死了。表面上是病死的，但真相不明。葬禮在那個村莊舉行，我沒有去參加。村民好像要求絕對不得讓我進入村裡。

其後光陰飛逝，我對那個村子的記憶也日漸淡去，直到今天才終於又想起一切來龍去脈。不——更精確地說，我終於把自己身邊發生的好幾起離奇死亡，跟那段記憶串聯在一起了。

那個夜晚，她留在村子裡。不過之後，她是不是離開村子來城市找我了？證據就是，她最後留下的那句話是「下次見」。對她而言，那就等同於要再碰面的約定吧？

她肯定就是造成我周圍那些人死亡的真兇。

況且現在回頭細想，那些與我有關的死亡，都有一個令人耿耿於懷的共同之處。像是跟我要好的那位高中同學，當時我們正在角逐大學推徵的名額；或者是壓榨我、害我過勞的那個上司，甚至是在雜誌連載上贏過我的漫畫家。

由於他們的死，我的人生變得稍加順遂。至今我從不曾認為自己是幸運的人，但仔細思考就會發現，在人生重要的十字路口上，我常因某個人的猝死而獲益。

想必是她為我做的。

她一直待在我附近，在關鍵時刻出手幫我。

可是一想到那些不幸離世的人，我就高興不起來。過世的漫畫家對我從來沒有任何惡意，失去對方的才華也是這個世界的損失。我必須憑實力獲得連載的機會才對。儘管我曾暗自希望對方去死，但那不過是一時在心底洩憤罷了。

無論有什麼理由，殺人都是不可饒恕的。就算對方是死於一種只要「一看見就會死去」的詛咒，如果是刻意為之，那就算是一種殺人。

而她毫無疑問是有意的。倘若再把那些無意間殺害的對象也算進來，譬如哥哥、公寓的鄰居等等，犧牲者的數量就更多了。

她到底明不明白自己這麼做是犯罪？

在她眼中，殺一個人或許就跟摘一朵花沒什麼兩樣。送出那朵花，可以討別人歡心，下次就會想再去找另一朵更能讓對方快樂的花朵。
那麼她看到別人死去時為什麼會哭呢？
還不如乾脆笑著殺人，我才能夠認定她就是妖怪。不管是外貌或各方面言行，她實在都太像人類了，所以我才會一時迷惑，以為她說不定擁有近似於人類的情感。
殺人是不對的。
繼續放任不管，未來還會繼續出現其他犧牲者吧？如果跟我越親近就越有可能看到她，那麼最危險的人就是妻子了。對現在的我而言，妻子是最後的希望。我絕對不能失去她。
我必須要將纏在自己身上的詛咒解開才行。

再三煩惱之後，我決定去一趟那裡。
此刻我能做的，或許就是設法讓她回歸原本的土地吧？如果她真的在我四周出沒，那只要我去那座村子，她應該也會跟著去。
我坐上車，朝爺爺的村子開去。
出發時天色還很明亮，抵達村子時卻已幾近黃昏了。光憑記憶開車需要耗費大量的時間跟心力，而且我沒料到村子發展神速，田埂都鋪上了平整的柏油，原本的田地則蓋了一間大型超市。只不過停車場到處都是空位，可見有些本質或許仍舊沒有改變。
我在超市買了一大袋油豆腐皮，回到車上，小心翼翼沿著渠道開。當年的小河已不見蹤跡。

在大時代的洪流裡，就連時光彷若靜止的這個農村也逃不過逐步現代化的命運。說不定她是因為居所被剝奪，遭村民趕出去，才會來找我的。

在遙遠山脈後方的大片晚霞，色彩十分豔麗。

我下車，不抱多少希望地沿著渠道向前走。草叢中傳來陣陣蟲鳴。實際回到村子前，我心裡因要面對恐怖的過往而緊張不已，然而此刻卻有股懷念之情慢慢甦醒。

天空逐漸暗下來，黑夜籠罩大地。

忽然看見正前方的渠道上，有一座熟悉的石橋。

錯不了，是那座石橋。

這三十年間，天然小河都成了人工的渠道，沒想到石橋居然能完好無缺地保存下來，真不可思議。或許是考量到整體造景才刻意保留的。

我站上橋，環顧四周。

沒錯，就是這片風景。

我將滿滿一袋油豆腐皮放到一旁，在橋的邊緣坐下來。涼爽微風吹拂，短短一瞬間，蟲鳴靜止了，石橋另一頭的山上出現了動靜。

她從山的方向慢慢現身。

她藏身於暗處，全身僵硬，看起來很怕我的模樣。毫無疑問，她正是會讓看見她的人全都死去的「晃晃妖」。不過我的身體並未出現異狀。我害怕得冷汗直冒。

她的外觀跟以前沒有任何改變。再次見到她，只覺得她的外貌說不出地詭異，要是在山路上驀地擦身而過，我肯定會嚇到跳起來。我小時候居然有辦法若無其事地跟她相處。

我拿起裝滿油豆腐皮的袋子，遞向她。

「要吃嗎？」

她動也不動。

我把袋子放回原處，低頭注視著水質混濁的渠道。

「好久不見了，雖然對妳來說可能沒有很久。」雙唇不住顫抖，我還是努力往下講，「我必須先向妳道謝。謝謝妳，在過去幫我度過了好幾次難關。還有，對不起，我一直沒發現妳的存在，我沒想到妳居然會來城市找我。」

她動了一下，似乎是微微點了頭。

「他們是妳殺的吧？」

她怯怯地點頭。

她好像以為我在生氣。

實際上，我也確實為她的行為感到憤怒。不管有什麼理由，殺人都是不對的。能毫不在意地打破這條準則，表示她果然並非人類。

我一直希望她是人類。

四周越來越暗，她的身影彷彿要融進黑暗之中。

「跟妳一起度過的那段時光很愉快，不過那些都過去了。我現在必須在人類的世界，遵從人類社會的規則活下去，妳懂嗎？要是每次遇到挫折，就去殺了擋路的那個人，那就沒完沒了。那種做法是行不通的。或許妳是為了我才下手的，但那些事是不對的。妳不懂這一點，就表示妳果然是另一個世界的人，我們不能在一起。」

說到這裡，我發現自己正在發抖。不是出於恐懼，而是內心感慨萬千。我很同情她。一想到她的心情，這些理應坦白的話就變得難以啟齒。

她像在否認些什麼似地輕輕搖著頭，哭了起來。

別哭。

妳看起來簡直就像人類一樣，不是嗎？

「妳幫過我好幾次，但是妳做的那些事都是不可饒恕的。今後，妳也打算要在我遇見困難時，靠殺人這種方式來幫助我，對嗎？讓我們結束這一切吧。我已經不是小孩子了。沒有妳的幫助，我也能設法過下去。所以，請妳發誓，妳不會再殺人了。還有……不會再出現在我面前了。」

她聽懂了嗎？

如果真的為我著想，就不要再出現了。

她沉默許久，似乎花了好長一段時間在尋找自己的答案。垂著頭，偶爾抹去眼淚，全身不停顫抖。

最後，她轉過身，背對我朝黑暗緩緩踏出步伐。

一直到最後，她都像個孩子般不停在哭泣。

直到那個愛哭鬼的身影徹底消失為止，我都牢牢凝視著那片黑暗。

她的哭泣聲依然殘留在耳邊。

這樣一來，一切就結束了。

這樣就好了。

我回到公寓後，妻子不見蹤影。

一直到深夜也沒回來，我打電話去她工作的地方，卻沒有人接。這種情況還是頭一遭。

該不會……晚了一步？

我感覺渾身血液倒流，開始在屋裡尋找有沒有什麼物品會透露她的去向。

我打開搬家時她唯一帶過來的那個包包，裡面只塞了一本老舊的素描本。很眼熟的素描本。

翻開素描本，有我小時候畫的圖。

素描本最後幾頁幾乎都只有字，全是些歪七扭八的字跡。

那個夏天的回憶湧上心頭。

我趕緊翻開最後一頁，筆跡忽然變得很成熟，寫著：

「再見。」

夢幻的玫瑰花

1

車井一聽說兩週前尖端科學技術大學教授遭人殺害的案件出現了目擊者，就匆匆趕到暫時當成搜查本部的那間會議室。

他沒在裡面看到疑似目擊者的人，只見邋裡邋遢的刑警一個個都繃著臉。

「目擊者呢？」

車井隨口問道，一位刑警畢恭畢敬地回答：

「帶到偵訊室了。」

「偵訊室？」

車井疑惑地歪了一下頭，直接往偵訊室走去，發現門開著，幾名刑警正在門口探頭探腦。車井一靠近，他們全都自動讓開。

偵訊室裡，坐著一位身穿白袍的男性。

「他就是目擊者？」

「與其說他，不如說是她吧。」

老練的刑警苦笑道。

可是不管怎麼看，穿白袍的那一位看起來都像個阿宅。

更引人注目的是，他面前擺著一盆植物。一朵嬌豔柔美的粉紅花朵綻放著。從花瓣的形狀、花莖上的刺看來，就連對園藝不感興趣的車井也曉得那是玫瑰。平常老是飄盪著一股陰濕霉味的偵訊室，此刻滿是那朵突兀的鮮花散發出的甜香，香氣甚至都瀰漫到車井等人所站的門口了。

玫瑰旁邊擺著一台筆記型電腦，白袍男子正專注地操作電腦。

「準備好了，請開始。」

白袍男子說完，對面的刑警坐正身子，清了清喉嚨。

「嗯——那麼……請問一下安布莉潔小姐，妳是否親眼目擊了殺人的現場？」

安布莉潔？

外國人嗎？不過白袍男子並沒有回答問題。話說回來，他根本不可能叫作安布莉潔，他看起來就是個徹頭徹尾的日本人。

「這是在搞什麼飛機？」

車井刻意抬高聲量，好似責備現場所有人。

原本鬆弛的氣氛剎時緊繃起來。

至少現在這個場合，沒有人的職位高到足以反駁車井。他不但是出身特考組的警方高層候選人，個性又一板一眼，是個很難應付的棘手人物。面對他，誰都會下意識繃緊神經。

一位刑警小心翼翼地開口：

「那盆玫瑰放在案發現場的桌上，那位穿白袍的男性表示，玫瑰說不定目擊到了殺人案發生的瞬間。」

「什麼?」
難道目擊者不是白袍男子,而是桌上的那盆玫瑰嗎?
那朵玫瑰才是安布莉潔小姐嗎?
玫瑰當然連吭都沒吭一聲。
「咦?奇怪了……怎麼沒反應。」
白袍男子焦急地操作電腦。
負責偵訊的那位刑警也手足無措。
「請問妳是否看見了進藤大樹遭到殺害的瞬間?」
玫瑰依然沒有反應。玫瑰又沒有嘴巴,自然不會講話。話又說回來了,她也沒有眼睛,根本不可能看見東西,更何況她連理解語言所需要的大腦都沒有。
車井冷眼瞧著偵訊室中的問話場面。
這些傢伙就是把時間都浪費在這種無聊事上,案子才會拖這麼久都解決不了。
「平常她都會有很多反應的……喂,安布莉潔,妳今天吃錯藥啦,快點回答問題。」
白袍青年搖晃盆栽。
那些特地跑來前所未見的偵訊現場看好戲的刑警,也相繼嘆氣離去。
「不如今天請你先回去,之後再問話如何?」
負責偵訊的刑警也差不多死心了。

「等、等一下。」

「謝謝你特地跑一趟。」

刑警站起身，像在向白袍男子下逐客令。

那名男子神情困惑又不甘心，抱起玫瑰跟筆電，無奈走出偵訊室。

車井側身讓他們經過——

就在那時，忽然傳來電子訊號的聲音。

類似收音機雜訊，不規律震盪的聲音。

「啊，安布莉潔有反應了！」

白袍男子站定，興奮地大喊：

「終於有反應了！」

「無所謂，總之今天請你先回去。」

「拜託你再問一次，這次她應該就會回答了！」

「出口在那個方向。」

負責偵訊的刑警一把抓住男子的手肘，想將他拉往出口。男子卻抵死不從，一心想回到偵訊室。

刑警求救似地看向眼前的車井。車井沒轍，只好伸手去拉白袍男子。

白袍男子扭轉身子試圖躲開車井的手，而男子手裡抱的玫瑰花隨著轉身的力道劃出一道大大的圓弧，花莖碰到了車井伸出的手。

尖刺擦過手背。

「痛。」

車井手上留下了一道小傷口——

一瞬間，車井眼前驀地浮現出奇異的畫面。

那是殺人案的現場。一具屍體趴在地上，四周黑土撒得到處都是，摔得粉碎的陶製花盆，避開這些碎片移動的雙腿影子……

「車井警部！你沒事吧？」

聽見刑警的聲音，車井才回過神。

車井眼前是幾位慌張失措的刑警，跟神情尷尬的白袍男子。那些刑警一臉憂心地望著車井的右手，右手背上滲出了鮮血。

「沒事。」

車井佯裝冷靜，掏出白手帕按住傷口。

事實上，傷口也不太疼。

現在最大的問題是剛才那個畫面。那毫無疑問是兩週前在尖端科學技術大學的殺人命案現場。

如果光是這樣，還不算太不可思議。車井去過現場好幾趟，也曾再三檢視案發後的現場照片，因此腦海中浮現出那個場景也是有可能的，只是——

剛才看到的畫面，有一個地方很奇怪。

屍體倒地的方向不同。

剛才那個畫面裡的倒地方向，跟記憶中照片裡的方向差了九十度。

「對、對不起！我滿腦子只想著要讓你們聽安布莉潔講話……」

白袍男子滿心歉疚，儘管手裡還抱著玫瑰和筆電，依然用極為勉強的姿勢低頭致歉。

那朵玫瑰花就在車井的鼻尖前搖晃。

「沒事。」車井冷淡應聲，繼續說，「比起這個，我想多了解一下這朵玫瑰。」

「咦？你願意聽我說嗎？」

白袍男子整張臉都亮了，反倒是周圍那些刑警露出憂心的神色。

「剩下就交給我。」

車井趕走其他刑警，帶白袍男子走回偵訊室。

白袍男子將玫瑰及筆電擺上桌面，再次坐下。

車井繞到白袍男子旁邊，望向電腦螢幕，上面的應用程式顯示出波形圖。

「剛才的雜訊是什麼？」

「她——安布莉潔的生物電位發生變化的通知。」白袍男子得意地推了推眼鏡說，「你可以把生物電位想成是在生命體裡傳送訊息的一種訊號。一般來說，動物肌肉是靠電流訊號啟動的，這一點很多人曉得，而科學家觀察到植物細胞也會傳遞同樣的電流訊號。這個波形圖代表的是接在玫瑰上的電極所讀取到的生物電位。隨著圖形變化，會發出不同的雜訊。」

「那剛才的聲音是？」

「她的聲音。」

白袍男子雙眼放光地回答。

車井重新端詳那朵玫瑰，不過任憑他怎麼看，就是一朵普通的玫瑰，實在難以置信剛才那聲雜訊真的代表了玫瑰的意志，多半是受細微溫濕度變化影響的結果吧？

「可以摸一下嗎？」

「咦？啊，請。」

車井觸摸玫瑰的葉片。他原本猜想，說不定只要摸到玫瑰，就能再度看到剛才的影像，結果卻什麼事也沒發生。

取而代之的是，筆電傳出微弱的雜訊。

「真的有可能讓植物成為一起案件的目擊者嗎？」

車井發問。

「嗯，當然有可能，植物反而堪稱是優秀的目擊者。我們從實驗結果發現，當附近有生物受傷或死去時，植物的生物電位變化最為顯著。」

「因為察覺到其他生命的死亡，所以電位產生變化？」

「對。我們認為只要讀取儲存在植物體內關於變化的紀錄，就能發揮目擊者的功用。」

車井憶起剛才唯有自己看到的那個奇特畫面。
那是玫瑰作為目擊者提供的資訊嗎？
不會吧，單純是被刺到的痛楚刺激了自己的記憶中樞而已吧？
可是——如果是那樣，為什麼畫面中的細節會跟原本已知的事實有出入？
「先假設那朵玫瑰記得案發情況好了，那我該怎麼問出想要的資訊？」
「就是對她講話。只要發問，圖形就會產生變化，用雜訊的方式表現出來。」
「你做給我看。」
「好。」男子轉向玫瑰，深呼吸一口氣，「好了，安布莉潔——妳現在在的地方是警署吧？」
筆電發出雜訊。扭曲刺耳、令人不快的電子音。
「現在這個是『對』。」
「啊？」
「接著，下個問題——昨天下雨了，對吧？」
又是雜訊。聽起來跟剛才的雜訊有細微的差異。
「她說『對』。」
「聲音跟剛才不一樣吧？」
「是不一樣，但都是在表達『對』的意思，只是回答的方式不同。就像是『沒錯』跟『嗯』的差別。」

「那換我來問。」
「請。」
「我的手帕是藍色的嗎？」
玫瑰發出雜訊——
「她說『對』。」
「答案是錯。」車井從西裝口袋掏出那條沾了血的白手帕，「玫瑰剛才應該也看見了這條手帕。如果連這種程度的問題都會答錯，作為目擊者也太不可靠了。」
「不……那個……剛才那一聲搞不好是在說錯……其實安布莉潔休息了好一陣子……」
「壞心眼！」
車井耳裡突然清晰響起某個人這麼說的聲音。那聲音太過清晰，甚至令他誤以為是白袍男子說的。但男子此刻還在叨叨絮絮地辯解，沒有空檔可以說出這個字眼。
為了尋找那道奇異聲音的來源，車井環顧四周。驀地，玫瑰的一片花瓣飄然落到桌面上。
簡直像在宣布「我在這裡」一樣。
「我想問一件事——玫瑰會說話嗎？」
聽見這個疑問，白袍男子頓時流露出困惑的表情。

「咦？咦咦？她從剛才就一直透過筆電在講話啊。」

「不，我不是這個意思。我是要問，她會講隻字片語嗎？」

「不會，研究還沒進行到那種階段。我們之前也研究過是否有辦法配合雜訊的變化，運用語音合成技術讀出特定的話詞，可惜遇上瓶頸……」

「沒完成嗎？」

「是。」男子垂下肩綁搖搖頭，「老實說，研究室主持人麻里老師半年前意外身亡後……研究也徹底停擺。」

男子說他在尖端科學技術大學的麻里研究室擔任助手，專精生理反應測定裝置——換句話說，就是測謊器。

測謊器這種裝置，只要在人類指尖等處接上電極，就能從發汗程度、血流變化來判斷對方是否說謊。他所屬的研究室將這種裝置應用在植物上，進行讀取植物生物電位的相關研究。

「我們在研究中用的植物就是安布莉潔。相較於其他植物，她的反應最好……對了，安布莉潔這個名字來自她的品種名稱。」男子一臉憐愛地望著玫瑰，「這盆玫瑰是麻里老師留下來的。老師過去在研究上用的那盆花恰巧出現在案發現場，我才想……說不定能派上用場。」

他是想測試研究的成果嗎？

不過那項研究尚未完成。沒做出具體成果，一切就還只是痴人說夢。冷靜想想，希望植物發揮目擊者的功能，這種事打從一開始就太荒唐了。

車井原本以為方才看見的幻覺可能有什麼特殊涵義，看來只是自己多心了。方才的幻聽也一樣，恐怕是自己身體狀況出了問題，與那朵玫瑰沒有任何關聯。

至少，車井過去讀過的眾多教科書及論文，都不曾提及有關聽見玫瑰講話聲音的現象。根本不可能會有這種事。

「如果之後研究有進展，你再來找我。」

車井冷冷拋下這句話，站起身，伸手比向門口，暗示男子談話已經結束了。不能再浪費時間在無益的事情上了。

「咦？不，那個……你認為安布莉潔幫不上忙嗎？」

「嗯，現階段是如此。」

「這、這樣呀……說的也是。」男子出乎意料地同意了車井的話，「老實說，在這項研究上，我自己也還沒累積出足以自豪的成績，所以……原本也只是想說如果能提供一點參考資訊也好，今天才會過來。不好意思打擾了。」

男子站起來，把玫瑰上頭的電極取下，匆匆將筆腦收進背包，抱起那盆玫瑰。

瞬間，又一片花瓣飄落。

「我知道！」

又是那個聲音。

情況越發離奇了。玫瑰上面的電極都拿掉了，剛才那聲音是從哪裡傳來的？難不成是白袍男子在開自己玩笑？

「等、等一下。」

車井臉色難看地叫住男子。

「什麼事？」

「那盆玫瑰可以借我一陣子嗎？」

「咦？咦咦？沒問題，只是怎麼又突然改變心意？」

「沒什麼……既然她出現在案發現場，就有必要詳加調查一番。」

車井必須研究一下這盆玫瑰。

同時，也是為了確定自己的精神狀況並沒有出問題。

2

刑事課課長一走進來，就皺起眉頭。

「怎麼有一種甜膩的味道？」

「課長，那邊。」一位刑警小聲回答，抬了抬下巴指向車井的辦公桌。「聽說是放在教授遇害現場的盆栽。」

課長轉頭瞧去，車井雙臂交叉在胸前，眉頭緊皺，目光牢牢盯著桌上的玫瑰。據說他已經維持這個姿勢超過半小時了。那張凝重神情跟充滿少女情懷的鮮花形成強烈的對比，使得這畫面看起來十分搞笑。當然，車井本人肯定沒有半分要搞笑的意思。

在課長看來，車井雖然年齡小自己一輪以上，擔任刑警的年資又短到跟小嬰兒差不多，未來卻極有可能成為自己的上司。實在不知道該拿什麼樣的態度去跟這樣的同事相處。他已升到副課長的職位，警察階級也與課長並肩，現在能對他的行為指手畫腳的差不多只剩署長了，而且這樣的情況多半也不會持續太久。

「那是在幹麼？」

「呃，我不太清楚。」刑警回答，「副課長有時候會對花講話，偶爾還會戳幾下……」

就在刑警八卦的同時，車井恰巧伸出指尖輕觸玫瑰的尖刺，低聲不曉得說了什麼。

「他沒問題吧？」

課長詫異地走回自己的辦公桌。

車井稍微使勁，將指尖壓進刺裡。

輕微的刺痛感傳來，食指尖端滲出血珠，但情況依然沒有變化。他原本猜測，說不定能跟手背擦傷時一樣，因疼痛而看見那個殺人案現場，結果卻失敗了。

如果這朵玫瑰真的擁有案發現場的記憶，能夠告發兇手的話，就沒必要再繼續調查了。不過車井也很清楚，天底下當然沒這麼好的事。至少在常識的範圍裡，玫瑰不會有記憶，也不可能講話。

正因如此，車井才一直跟玫瑰大眼瞪小眼，試圖解開發生在自己身上的那些超乎常理的現象。

目前並沒有發現可疑的裝置或機械。

他甚至從底端開始，把每片葉子都一一翻過來檢查，仍舊沒有斬獲。

只剩下土裡面了。

車井小心翼翼地避開那些尖刺，抓住花莖，打算把整株玫瑰從花盆拔出來。

那瞬間，又一片花瓣落至桌面上。

「住手！」

是那個聲音。

車井下意識與玫瑰拉開距離，擺出備戰姿勢。

附近那幾位刑警全都一臉「現在是怎麼了？」的疑惑神情，抬頭看向車井。

真的是玫瑰在說話嗎？

車井再次注視那朵玫瑰。

「說，妳是誰？」

儘管提出疑問，玫瑰卻沒有回答。

四周那些刑警活像是不小心撞見不該看的場面似地悄悄挪開目光，回到自己的工作上。

車井在椅子上重新坐好。

玫瑰沒有反應。

車井捏起飄落桌面的粉紅色花瓣，對著日光燈檢查。那個粉紅色鮮活到不可能是用墨水或油彩塗出來的。

「如果妳知道兇手是誰，就說出來。」

玫瑰仍舊沒有反應。

案發後已過了兩週以上，刑警都開始顯露出著急的神色。

這起命案發生在尖端科學技術大學的校園裡。

一名任職該大學的教授，被人發現頭部遭到重擊身亡。

被害人名叫進藤大樹，五十六歲，是尖端科學技術大學的教授，專長是生物能源，長年潛心研究可利用植物及微生物產生的新興能源。

命案現場位在學校的舊研究大樓，是一棟老舊的木造建築，與其他教學大樓相隔了一段距離。學生跟教師都鮮少靠近，平常多半用來存放一些廢棄物品跟過時的文件，算是半間倉庫了。

發先屍體的人是學校的清潔工。他去舊研究大樓後面倒垃圾時，從窗戶瞥見裡頭保險庫的門開著，覺得有點奇怪便探頭朝室內望去，才發現有個男人趴倒在地上。被害人遇害的那間辦公室有一個巨大的保險庫，清潔工看到時門是開的，裡面已經空無一物，推測原本收存在保險箱裡的資料，也有一部分在辦公室的水槽裡燒成灰燼了。

被害人頭部朝向保險櫃趴在地上，從頭部流出大量鮮血，早已斷氣。推測死因是頭頂遭到的重擊。屍體四周散落著滿地的陶製花盆碎片跟園藝用乾燥土壤，頭部上的傷口與花盆底的折角形狀吻合。

桌上擺著幾個花盆與盆栽，其中一盆就是那盆奇怪的玫瑰。

從幾位證人口中得知，被害人負責管理保險庫的鑰匙。而那把鑰匙，依然插在保險庫的鑰匙孔上。

從以上幾點推測——

兇手是先潛伏在舊研究大樓裡，再用擺在現場的花盆殺害被害人，接著搶走保險庫鑰匙，偷出裡面的物品逃逸。

保險庫體積龐大，學生也都說不曉得裡面放了什麼，只是口徑一致地猜測，「應該是一些研究資料吧」。被害人進藤大樹似乎常去那間辦公室，檢視保險庫中的物品。

兇手也有可能是立場敵對的大學或企業。搞不好是有人會因進藤研究成功而蒙受損失，為了毀去那些資料，才殺了進藤。燒毀的資料佐證了這個推測。

一開始，調查範圍只鎖定在該大學相關人士，如今已擴大到其他大學及相關企業。如果這樣還找不到線索，或許就該考慮犯案動機與研究本身無關的可能性，或許是有人誤以為保險庫裡藏了值錢物品，才動手搶奪。

「車井警部，差不多該去大學了……」

刑事課最年輕的一位刑警從遠處喊他。

為了再次詢問教授遇害案的細節，今天事先跟被害人的學生約好了時間。只要有需要，多少趟現場都得跑，多少次偵訊都得做，這就是調查。

「走吧。」

車井站起身，拿起那盆玫瑰，抱在手中。

「咦？要帶那個盆栽去嗎？」

年輕刑警脫口問道。

「拿去還而已，這原本就是大學的花。」

「不可以！」

車井千真萬確聽見了那道聲音，但他不予理會，大步朝外頭走去。一片花瓣在空中轉了幾圈落下，在刑事課的地板上留下一抹清淺的色彩。

年輕刑警坐上駕駛座，車井則坐在副駕。

「那個……車井警部。」

「幹麻？快點開車。」

「你為什麼要抱著那盆玫瑰？」

「我剛才應該說過，這是要拿去還的。」
「不，我不是這個意思……你為什麼要抱在大腿上？放後車箱不就好了……」
「萬一路上倒了，後車箱不就弄得全都是土？」
車井抱穩花盆，避免玫瑰不小心傾倒。
年輕刑警一臉不以為然地點點頭，將車子開出警署的停車場。
沒多久就抵達了尖端科學技術大學。外觀令人聯想到巨大水泥方塊的建築物上，貼著尺寸偏小的校徽。年輕刑警將車駛進停車場。
「這間大學怎麼人這麼少。」
畢竟是鑽研尖端科技的學校，校園內蓋了多棟重要設施，隨處可見禁止進入的標示。由於只有少部分人能自由出入，才沒看到幾個人。高聳的圍籬看起來簡直像軍事基地，裡頭是為研發新藥獲得國家許可栽種大麻的設施，四處都裝了監視器。
可惜舊研究大樓因為平常沒人用，自然也沒裝監視器，沒能錄下兇手的身影。
「被害人為什麼要把重要物品保管在這種荒涼的地方？」
「大概是認為這裡反而不會引起他人注意，很安全。」
車井冷淡回答。
在停車場停好車。
兩人帶著玫瑰下了車。

從停車場通往大樓的步道，以相同間距裝設了玻璃面板的崁燈，可以想像晚上這裡一定很明亮。

兩人前往被害人進藤大樹的研究室。

一踏進去，就看見兩名助理正忙碌地在架子之間走動。他們即使發現車井兩人的存在，也只是厭煩地瞥了一眼，就繼續忙手上的工作。

「我們是警察。」

「啊，我想說是誰。」男性助理說，「已經超過約好的時間五分鐘了，還以為你們不來了。」

助理一男一女。女性穿著寬鬆圓領的長袖運動衫搭配牛仔褲，一身打扮十分隨意，不過披上白袍後，看起來倒是有科學家的氣勢。男性頭髮則染成咖啡色，身穿花紋華麗的襯衫，就算走在鬧區的大批年輕人裡應該也絲毫不遜色。從兩人年輕的外貌看起來，年紀多半跟車井差不多。

「請問有什麼事嗎？」

女性語帶保留地詢問。白袍上的名牌寫著「物部由香里」。在調查過程中，警方已多次向她問話，她是一名文靜的理科女子。

「已經沒什麼好講的了吧。」

男性名叫奧山透，個性輕浮，但據說成績優秀。

年輕刑警神色惶恐地問道：

「你們看起來正在忙？」

物部答道：

「我們在整理老師的資料。文件四散各處，要統整起來有點困難。」

車井詢問：

「後來情況有什麼變化嗎？」

物部面紅耳赤地憤慨回答：

「沒有，什麼都沒有，一切如常到令人害怕。進藤教授過世了，社會卻漠不關心，開發一種新能源的可能性就這樣消失了喔！」

車井暗忖，恐怕除了這件事，她很少有情緒激動的時候。

「你們認為有人可能對進藤教授下手嗎？或是希望進藤教授研究失敗的對象也行。」

「這種人多的是。」奧山回答，「我們進行的研究就是比誰最快做出來。一旦輸了，至今的努力就會全部化為泡影。研究工作就是如此，一旦開始了就只能往前衝。」

「你們是否知道保險櫃裡不翼而飛的東西可能是什麼？」

物部回答：

「不，我完全不曉得。」

奧山說：

「我也不知道。」

「說謊！」

玫瑰的聲音響起。

車井先凝視手中的玫瑰花，才將目光轉向奧山。奧山別開視線，做出專心整理資料的模樣。

玫瑰對奧山的話有反應？

「你——知道保險庫裡面有什麼吧？」

車井把那盆玫瑰放在桌上，又一片花瓣飄然落下。

「不，我完全……」

「那你對著玫瑰說一次。」

「等、等一下，這又是什麼實驗嗎？你在測試我嗎？」

「要誠實說。」

車井不理睬他的問題，只是繼續下指令。

所有人的目光都集中到奧山身上，他露出放棄掙扎似的笑容。

「其實——」奧山終於坦白，「進藤老師讓我保管鑰匙。」

「鑰匙？」

奧山翻找長褲口袋，掏出一個框啷作響的鑰匙圈吊飾。

「我看看，應該是這一把吧？」

挑出一把金色的大鑰匙。

「這是？」

「保險庫的鑰匙。就是案發現場那間辦公室裡的——」

「你為什麼會有保險庫的鑰匙？」

「老師叫我一起管理保險庫，這是備用鑰匙。」

奧山回答時小心翼翼地揀選用詞。

對車井兩人來說，這是新情報。

「你之前為什麼不說？」

「我也沒辦法。老師再三強調不能告訴任何人，還威脅我萬一保險庫裡有什麼的消息流傳出去，我就慘了。」

「慘了？你沒想過隱瞞警方，你的下場會更慘嗎？」車井冷冷瞪視奧山，「保險庫裡放了什麼？你一定看過吧？」

「看過是看過，但我看不出來那是什麼，老師只說是『很值錢的東西』。」

「很值錢的東西」嗎？

如果是未來生物能源的相關資料，的確是很值錢。

「這麼重要的保險庫備用鑰匙，教授為什麼會交給你？」

「這……當然是為了防止被偷走吧？就算有人覬覦保險庫裡的東西，多半也猜不到備用鑰匙會放在我這。」

遭到殺害的進藤想必很信任奧山吧？他都不擔心助理會偷走保險庫中的東西，暗地轉賣給其他人嗎？還是很肯定一般人不會明白箇中價值？

車井忽然瞥向桌上的玫瑰。

如果對方撒謊時玫瑰就會有反應，那就可以當作奧山剛才這句話是真的——

不對，等等。

這只是一朵玫瑰花。

「物部小姐，妳不知道保險庫裡面有什麼嗎？」

年輕刑警詢問。

「咦？是。」物部突然被叫到名字，有點反應不及，「我知道老師常打開那座保險庫，也曉得備用鑰匙在奧山那裡，不過我沒注意過裡面放什麼……是說大家都會關心這種問題嗎？」

「嗯……」

年輕刑警在筆記本上振筆疾書。

「對了，你們看過這盆玫瑰花嗎？」

車井發問。

「嗯……？」

物部雙手抱胸，低聲沉吟道：

「我剛剛才想起來，這盆花是那個……麻里研究室的花吧？我聽說他們在進行跟植物溝通的研究。」

「沒錯，這是麻里研究室研究用的玫瑰，案發當天就擺在進藤教授遇害的現場。」

「怎麼會在那裡？」

物部追問。車井也沒辦法回答。拿玫瑰到警署的那位助理是說碰巧，但玫瑰為什麼會放在距離其他大樓十分遙遠的舊研究大樓？

「植物的知覺研究根本就是偽科學的代名詞。」奧山瞪著玫瑰半笑著說，「不要太把那些傢伙的話當真比較好。就我個人而言，光是研究室跟他們屬於同一所大學，就覺得很丟臉，真希望他們趕快收手。」

「那個……我們還有很多事要做，差不多該結束了吧？」

物部焦躁地說。

該走了。車井抱起玫瑰，連招呼也沒打，就逕自往研究室門口走去。

「如果發現任何事，請隨時聯繫警方。」

年輕刑警說完這句話，便追著車井離去。

車井接著前往麻里研究室。

他們先去學生課櫃檯詢問確切的位置，不料女性職員說出了令人震撼的話。

「麻里老師的研究室已經關閉了。」

車井看向已經關閉的研究室裡頭，那名帶著玫瑰到警署的助理正獨自整理堆積如山的文件。

「啊，刑警先生……」白袍男子察覺到車井的存在抬起頭，「你發現了？」
「聽說這裡已經關閉了。」
「對，抱歉之前沒講。麻里老師半年前過世後，研究就慢慢無以為繼，我就是想在最後展示一下麻里老師的研究成果……」
男性助理一臉懷念地望著架上的相框，相片裡的都是研究室成員吧？七位身穿白袍的男女並排站著。
「對了，正中間這位就是麻里老師，她很漂亮吧？」
黑髮披垂至白袍的肩膀處，隨風輕柔地搖擺。相當年輕，大概只有二十幾歲吧？雙手插在白袍口袋裡，靦腆微笑。
車井不知何故，總覺得以前就認識那位女性了。
「我來還玫瑰。」
車井把玫瑰擺在桌上。
「不用了，不用還沒關係。」助理和善地笑著說，「這裡已經沒辦法再養那盆玫瑰了，放在你那邊照顧，玫瑰會比較開心。」
「這……」
「安布莉潔一定看見了兇手，一定能成為調查時的助力。」
車井不知道該回什麼。

他不會捨不得玫瑰，只是臨到要放手之際，又忽然感到可惜。應該是因為還沒完全解開這朵玫瑰的祕密吧？

「你之前說研究上用到了這朵玫瑰，那又是什麼時候把她搬到舊研究大樓的？她為什麼會出現在案發現場？」

「這個嘛……自從麻里老師過世後，助理相繼離開，針對安布莉潔的研究又停滯不前，我才只好忍痛放棄，卻又捨不得扔掉，最後就把她跟其他盆栽一起擺在日照良好的舊研究大樓玄關前面。」

「玄關前面？不是有保險庫的那間辦公室嗎？」

「不是，我不記得搬去了室內。至少到最近為止，她們應該都排在外面才對……」

仔細想想，沒人在用的舊研究大樓辦公室裡怎麼會擺著盛開的美麗玫瑰，這件事本身就不合理。難道是有人看到這些花在外頭淋雨，才搬進室內的嗎？

但又會是誰？

「我最近也會離開這裡。刑警先生，安布莉潔就拜託你了。」

助理低頭致意，車井沒有回話。

車井跟來時一樣抱著玫瑰，離開了尖端科學技術大學。

3

那一天，車井決定把玫瑰帶回公寓。

那群中年刑警平常每次遇到車井，都提心吊膽地生怕惹到他，不過可能他抱著粉紅玫瑰走來走去的模樣實在太滑稽了，有幾個人還忍不住暗自竊笑。女性職員以前都認定車井就是一座拒人於千里之外的千年冰山，發現他令人意外的這一面後，頓時覺得他看起來親切多了，甚至還有人因此迷戀上他。不過周遭人群的評價，車井向來不會放在心上。

毫無情調的獨居公寓中，擺上了色澤鮮豔到令人眩目的玫瑰花。

真諷刺，沒想到第一個造訪車井公寓的，居然是一盆玫瑰花。不過他也從來沒有希望其他人來自己家的想法。一路走來，他在人生中一一捨棄了許多事物，現在還留在身邊的，就只有這間空空蕩蕩的公寓了。

此刻，玫瑰挾著異樣強烈的存在感闖進屋內。不管是一個人大啖便利商店的便當時，抑或用熨斗燙襯衫時，那抹鮮明的粉紅色總會映入眼底。

漆黑的房間裡，車井打開一盞桌燈，坐上沙發，直直望向那朵玫瑰。

「妳聽得見我的聲音嗎？」

車井開口問玫瑰。只要讓屋子暗下來，對方是誰都一樣。仔細一想，如果只是想溝通，對方長什麼模樣或許根本不重要。

「我不曉得事情是怎麼發生的，但我知道妳有好幾次都主動對我講話。那些小細節現在就先不管，如果妳有話想告訴我，就快點講。」

車井翹腳，等待玫瑰的反應。

然而對方卻默不作聲。

這下不就顯得是自己在發瘋嗎？車井自嘲笑了。隨即靈機一動，從桌子的抽屜拿出一把剪刀，伸到玫瑰花莖旁。

「你知道這是什麼嗎？再不出聲我就把花剪掉嘍。」

「住手！」

那道熟悉的聲音響起。

果然自己的推測是正確的。

「妳會說話吧？」

車井很確定。

這時，一片花瓣飄落。

見狀，車井才終於注意到。

玫瑰每次說話，都會落下一片花瓣。認真看就能發現，比起一開始，整朵花已經縮小了一圈。

如果說一次話就必須犧牲一片花瓣……玫瑰能開口的次數所剩不多了，頂多十幾次吧？

萬一所有花瓣都掉光後會怎麼樣？

恐怕玫瑰就此沉默不語吧？換句話說，對這朵玫瑰而言，花瓣的殘餘數目，就等同於她能說話的次數嘍？

「原來如此，我懂了。」

車井放下剪刀，在沙發上重新坐好。

為了解決這起命案，必須從這朵玫瑰問出必要的資訊，但能詢問的次數看來十分有限。

自己必須慎重挑選問題——

「妳給我看的案發現場畫面，有一處跟我獲得的情報不同。我們抵達現場時，倒在地上的屍體頭部是朝向保險櫃的方向，但妳顯示的影像裡，屍體倒地的方向則不同，往左邊轉了九十度。我可以認為這個影像就是妳親眼所見的畫面嗎？」

在漫長的沉默後，玫瑰花落下一片花瓣。

「可以。」

回答了。

她有用！這朵花就是目擊者！車井興奮不已，同時間內心卻漾開一股難以言喻的情緒，彷若不安——又近似一種「失去」的感覺。

車井不明白自己為什麼會有這樣的感覺。

「那麼，我再問一次。殺人案發生時，妳在案發現場，對吧？」

黑暗中，一片花瓣無聲墜落。

「不對。」

——不對？

這是怎麼回事？我剛才不過是想先確認一下背景條件才問這個，根本還沒切入正題……

這個背景條件不對嗎？

「在案發當時，妳不在命案現場嗎？」

「對。」

又一片花瓣飄落。

新情報。當清潔工發現有人遇害，警方趕過去時，玫瑰就已經擺在命案現場了。然而玫瑰卻說案發當時，自己並不在現場。

意思就是，有人趁命案還未敗露之前，把玫瑰移到現場去了。

那個人是誰？為什麼要這麼做？

「那我換一個問題，進藤教授是誰殺的？」

玫瑰沒有回答這個問題。

恐怕是答不出來吧。畢竟案發當時玫瑰並不在那間辦公室裡，也就沒有目擊殺人的瞬間，所以她沒辦法回答殺害教授的兇手是誰。

「在案發當晚，妳在哪裡？在舊研究大樓的裡面？還是外面？」

「外面。」

玫瑰再落下一片花瓣。

她是賭上性命在回答問題。

確實，根據麻里的助理所言，玫瑰原本是跟其他花盆一起擺在玄關前面的。

花盆？

殺害進藤教授用的凶器不正是花盆嗎？

警方的推測是——那些花盆原本就放在犯罪現場，兇手順手抄起花盆砸傷被害人的頭部。

說不定作為凶器的花盆原本是擺在外面的？

「喂，小傢伙。」

車井興致高昂地向玫瑰搭話。

「我不是小傢伙，我有名字。」

玫瑰寧願失去一片花瓣，也要抗議。

這件事這麼重要嗎？

車井望著散落在花盆周圍的那些花瓣尋思。

「那個……」玫瑰的名字叫什麼來著？「好啦，先不管那個，小傢伙——小玫瑰花，是兇手把妳從外面搬到命案現場嗎？」

「對。」

果真如此。

兇手搬了好幾盆原本擺在外頭的植物進命案現場，恐怕用來當凶器的那個花盆也是其中之一。不過，兇手為什麼會選擇用花盆當凶器？如果是事發突然，碰巧現場有花盆才順手拿來用還能理解。一般會特地搬擺在外面的花盆，去攻擊待在室內的人嗎？

——凶器是偽裝的？

恐怕兇手用的是其他凶器，但那個凶器有什麼特別之處，會暴露出兇手的真實身分。因此兇手才特地從外面搬花盆進來，偽裝成用花盆當作凶器的樣子。再把其他花盆跟盆栽都一起移到室內，布置成這些花盆原本就放在裡面的模樣。

那真正的凶器是什麼？

依據調查結果，被害人頭部的傷口確實是花盆造成。

其實是有好幾個花盆嗎？

變成凶器的A花盆跟放在外面的B花盆。可以先假設這兩個花盆不管形狀或材質都十分相似，兇手用有明顯特徵的A花盆當作凶器下手犯案，為了掩蓋真相，才從外面把B花盆拿進來。

那A花盆一開始就在室內？

如果是這樣，應該沒必要特地把其他盆栽搬進來。因為花盆原本就在室內，就算出現在那裡也不奇怪。

A花盆到底是從哪裡跑出來的？兇手帶進來的？不，從來沒聽說有人為了殺人還拿著一個花盆到處走。

A花盆應該還是原本就在室內，只是它出現在那裡，會對兇手不利——

原來如此！

不想讓別人看見的花盆……

命案現場的巨大保險庫……

在車井的大腦中，整起命案的全貌終於逐漸拼湊成型。

「把妳從外面搬到命案現場的是〇〇吧？」

對於這個問題，玫瑰又落下一片所剩無幾的花瓣，回答：

「對。」

「這樣……」

車井喃喃低語。

散落桌上的花瓣交疊著。

「妳放心，我沒有問題要問了。」

如果對方是人類，一個普通的目擊者，自己多半不會考慮對方的感受，即使不擇手段也要套出情報吧。

但是車井沒辦法再向玫瑰拋出更多的問題。

不知道為什麼，每次發問，胸口都會驀地揪緊。

4

鑑識報告出爐，讓車井確定了自己的猜想。

車井小心翼翼抱著玫瑰，讓年輕刑警開車載他去尖端科學技術大學。

走到舊研究大樓時，一個男人已等在那裡。

「今天很準時耶，到底有何貴幹？」

奧山雙手插在牛仔褲口袋問道。

「你可以一起過來命案現場嗎？」

車井等人穿過玄關，前往保險庫所在的那間辦公室。現場已經解封了，目前可以自由進出。

車井抱著玫瑰站到保險庫前。

「我請負責鑑識的同事重新調查過這間辦公室，發現一項新的事實。」車井指向保險庫，「儘管十分微量，在保險庫裡找到了擦拭過血跡的痕跡，也確定了那是被害人的血。」

「喔，所以？」

奧山漫不經心地應聲。

「這項事實非常重要，甚至推翻我們對案情的推測——因為如果被害人的血跡飛濺到保險庫裡，就表示他遭到殺害時，保險庫的門是開的。」

「喔……」

「我們先前一直認為兇手是為了打開保險庫，才會攻擊被害人搶走鑰匙。但如果被害人死去時保險庫已經是開的，那兇手的目標就不是保險庫的鑰匙。」

「不對吧，應該是他威脅教授，強迫教授打開保險庫，然後才殺了他吧？」

「如果是你說的這種情況，兇手沒有必要擦去保險庫中的血跡。」

「嗯……這倒也是。」

「兇手就是想要布置出殺害被害人後奪走鑰匙的情境，讓人先入為主地認為犯案動機是想搶走保險庫裡的物品。」

「那些燒毀的研究資料又是怎麼回事？」

年輕刑警詢問。

「那是一種偽裝。為了讓人以為兇手是覬覦被害人研究成果的人。不過，保險庫裡放的原本就不是研究資料。」

「咦？那保險庫裡面裝的是什麼？」

「花盆。」

「花盆？你是說——用來當凶器的那個花盆嗎？」

「沒錯。也就是說，殺害進藤教授的凶器就是原本放在保險庫裡的花盆。那個花盆就是『很值錢的東西』……而需要藏在這種大型保險庫裡的花盆……多半是大麻。他大概是偷了一些這間大學種來供研究用的大麻吧？我不曉得進藤教授是從幾時開始這種勾當的，但他應該是把偷來的大麻連同花盆一起藏匿到這個保險庫裡，說不定還栽培好一陣子了。」

「那麼……他有備用鑰匙，當然也就……」

年輕刑警看向奧山。

奧山微微顫抖。

「嗯，他也是同夥。只是他因為保險庫裡的東西跟教授起了爭執，才會出手殺害教授。」

奧山跟進藤教授當時肯定是在這間辦公室裡討論保險庫裡的東西。兩人的分工多半就是教授負責生產，奧山負責銷售，卻因工作引起了紛爭。

談判破裂了。奧山一時衝動，抓起栽種大麻的花盆殺害了進藤。

那時，被害人的身體朝向面對保險庫的左邊。他當時可能是正打算離開辦公室，而奧山就趁隙攻擊他吧。

「等奧山回過神就想，萬一被發現殺人行徑跟保險庫裡的東西有關，握有備用鑰匙的自己肯定脫不了嫌疑。另一個助理物部也曉得自己手中有備用鑰匙，瞞不住的。因此他決定把現場布置成即使有備用鑰匙也不會遭受懷疑的狀況。」

只要讓情況看起來像兇手是為了得到鑰匙才殺害被害人，就算手裡有備用鑰匙也不會遭到懷疑。反倒正因持有備用鑰匙，根本不可能為了搶奪保險庫裡的物品就犯案。車井推測他當初是這麼想的，而且事實上，調查員也的確被他轉移了方向。

「用來當作凶器的那個花盆多半已經處理掉了，不過現場散了一地的土，還有被害人頭上的傷痕是藏不住的。他便開始尋找形狀類似凶器的物品，結果幸運發現玄關前擺著款式相近的花盆。他把那個花盆拿進來，摔得粉碎，假裝曾用它行凶。不過如果辦公室裡只有那個花盆，看起來又很突兀，他就把其他盆栽也都一起搬進來，擺在桌上。這些舉動全都是為了讓人誤以為兇手是順手拿起原本就在室內的花盆犯案的。」

那朵玫瑰花，就在兇手搬動過的盆栽之中。

「不過真是遺憾，奧山，玫瑰目擊了你一切的舉動。」

「沒錯！」

玫瑰在車井懷中大聲附和，寧可掉下花瓣也要嗆聲——

兇手先搬來玫瑰，最後才將屍體轉向保險庫，偽裝成被害人是從背後遭強盜襲擊的模樣。玫瑰花先前讓車井看到的，就是那個畫面。

「哈哈……你在胡說八道什麼啊，我才沒有殺教授。」

奧山聲音乾澀道，一步步朝辦公室的出口移動。

「你等一下。」

年輕刑警出聲制止。

「囉嗦！」

奧山忽然激動起來，撞開年輕刑警。

年輕刑警應聲倒地。

車井迅速奔過去，直接擋住出口。但是他還抱著那盆玫瑰花，雙手無法自由活動，情況十分不利。

沒想到奧山似乎認為那個花盆是武器，他緊抓住花盆，硬生生從車井手中搶過去。

「啊。」

車井忍不住叫出聲。

奧山將花盆直接朝車井擲過去，不料花盆沒有砸中他，卻撞上牆壁，碎了。玫瑰花莖凹折變形，花瓣散落一地與土壤混在一起，看起來宛如斑斑血跡。

奧山沒丟準，下一刻，車井立刻抓住他的手臂，扭轉他的身體，使出一記過肩摔，將他狠狠摔在地上。

可惡——看你幹的好事！

車井一把揪住已經昏迷的奧山胸口，揮出拳頭。

「車井警部！」

年輕刑警的聲音喚回了車井的理智。

「我知道。」

車井勉強放開顫抖的手，交給年輕刑警善後。

「奧山先生，我現在以妨礙公務的現行犯逮捕你。關於殺人案，我們回警署後會再詳細偵訊。」

5

車井不僅用木條支撐玫瑰折彎的花莖，還幫她換了新花盆。花瓣全落光了，但總算是確保那株玫瑰還活得好好的，不致枯死。

他抱著玫瑰往返自家與警署的身影，在署內已經出名了。許多女性職員看到他略帶憂愁的神情，都因為再度發現他的新面貌而心動不已。

車井每天替盆栽澆少量水。

自從那天起，玫瑰就再也沒有回應他了。

車井坐在辦公桌前，單手抵住臉頰，注視著沒有花的玫瑰。

「我一直都獨來獨往，還以為這次終於——獲得了一個好夥伴。」

明知不會有回應，還是忍不住搭話。

「妳幫了我大忙，這次換我來幫妳了。妳等著，小傢伙，我一定會讓妳再一次開花。」

車井溫柔地搖晃花盆。

「啊，不能叫小傢伙，對吧。妳的名字是……我當然很清楚。」

小小的鋼琴家

1

森林裡有一棟老舊的洋館，好多年沒有人住了。但我發現最近一樓有扇窗戶忽然從裡面被封起來。

「應該是在重新整修吧？可能過一陣子就有新主人搬進去了。」

媽媽對這個消息不太感興趣，她更擔心我跑去小鎮邊緣的事。

「俗話說好奇心會殺死一隻貓，妳也別太愛管閒事，免得最後自己受傷喔。」

媽媽半開玩笑地這麼說。可是被她這麼一講，我反而更加對那棟洋館好奇了。

沒有人曉得那棟洋館是何時蓋在那裡，過去又曾經住過什麼人。大家一致認為那多半是有錢人的別墅，也許因為主人沒有親朋好友，過世後屋子就荒廢了。

這種屋子通常都會因為附近居民抗議「小孩會跑到裡面玩，太危險了」，落得慘遭拆除的下場。不過這麼久了，那棟洋館卻都完好無缺地矗立在那裡，多半是因為距離小鎮太遠，很少有人會靠近的緣故吧？

洋館雖處處斑駁，看起來倒沒有嚴重毀損的地方，外觀依舊富麗堂皇。

白色油漆剝落的窗邊堆滿枯葉，都蓋住玻璃的下半部了。即使我從那裡窺探裡頭的情況，也沒看到人影。不管是設計精緻的門口、二樓的凸窗或者是斜屋頂上的採光窗，明顯都沒有人整理過。

相對地——

一樓的某扇窗戶卻發生了變化，勾起我的興趣。我原本就對這棟洋館充滿好奇，只是別隨便接近陌生人家這種常識我還是懂的，因此之前每次都佯裝沒看見地走過去。也因為這樣，我說不出具體來說是從何時開始不同了，尤其變化並不劇烈，而是靜悄悄、一點一滴的，才更令人掛心。

窗子裡像要遮蔽視線般掛起黑布。那塊黑布十分平整，毫無鬆垮之處，可見裡面還有用木板或其他東西壓著。

什麼緣故需要做到這種地步呢？

從其他窗戶看不到被封起來這扇窗的房間裡面，有異狀的那間房大概就只有那一扇窗吧。換句話說，如果想確認那扇窗的情況，只剩下溜進洋館直接進房去看一途了。

我當然不可能做出這種事。我不過是好奇心旺盛了些，才沒有那種膽子。那種神祕的洋館怎麼可以隨隨便便闖進去。

所以，我暫時就當作沒這回事，頂多是比之前更常去瞧一瞧而已。

我有我自己該完成的工作，也不可能一天到晚往那裡跑。

我的工作主要是去河裡抓魚，並加以烹煮，目的自然是為了款待客人。我跟媽媽住的那間屋子，名義上是一家旅館，只是好多年都一直沒有旅客入住，造訪的都是在地的好朋友。他們來家裡吃好料時，會帶上自己家種的各式蔬菜過來，就這樣形成了一個自給自足的小型社群。

那棟洋館距離我們村子有點太遠了，對我們而言，那裡是難以接近的「那一邊」。當然，看起來像陰森詭異的廢墟，也是讓大家萌生這種想法的主因之一吧。

除了我以外，大家都對那棟洋館沒興趣，似乎不樂意去多管閒事。

有一天，我怎麼都抓不到魚，一直到天全黑了還待在河邊，最後不得不空著手回家。但就這麼回去，心裡有股整天一事無成的空虛，靈機一動想去洋館看看。

夜裡的洋館說不定別具風情。

出於這樣隨性的理由，我在連盞燈也沒有的情況下踏進森林裡。

沒多久，白色的洋館映入眼簾。

微微映射出光芒的那棟建築，簡直像一隻龐大無比的妖怪。

外觀看起來比平常更加陰森，其他則沒有什麼顯著的差別。

不過，我立刻注意到一件從未發生過的事。

洋館裡傳來了樂音——

這音色是鋼琴。

理應沒人的洋館真真切切地傳出彈奏鋼琴的聲音。

屋內看起來並沒有任何亮光。

但那道清脆的聲響卻實實在在地傳進耳裡。

妖怪？

我渾身一震，倏地在枯樹旁蹲下。

下意識握住掛在胸前的護身符。

那是一個有小十字架和銀鈴的護身符。十字架看起來是手工的，縱軸還稍微歪斜。我緊緊握著，整個人不住發抖。

那個聲音是什麼？

那棟洋館究竟藏有什麼樣的祕密？

我開始後悔自己怎麼一時興起就跑來這種地方。

正要逃跑時，我忽然改變主意。

不知道為什麼，那一刻從洋館流洩出的鋼琴旋律勾住了我的心弦。

為什麼呢？

曲子本身只是簡單的樂句不斷反覆，旋律也非特別優美，但我好像聽過那首曲子。雖然不曉得曲名或作曲家是誰，心裡就是充滿無法解釋的懷念。

我為什麼會覺得在這種鬼地方聽到的音樂令人懷？

說不定那道樂音跟我的過去有什麼淵源。

一思及此，我就沒辦法離開這裡。源源不絕的好奇心戰勝了恐懼。

那個樂音究竟是怎麼一回事？

我藏身於黑暗中豎耳傾聽，沒多久，樂音戛然而止。

被發現了？

我縮成小小一團，眼睛直直盯著黑暗。

洋館看起來沒有任何變化，硬要說的話，就是裡面看起來比剛才更黑。

片刻之後，被封起來的那扇窗以外的其他窗戶上，出現了模糊的人影。

那是一名臉色蒼白的青年。或許是沐浴在月光下的緣故，他的臉看起來毫無血色，端正的容顏散發出音樂家般的纖細氣質。他就是彈琴的那個人吧？

不管怎樣，沒想到居然是我喜歡的類型。

他好像沒有發現我，瞄了外面幾眼，就迅速離開窗邊。看起來就像是從黑暗中現身，又消失回黑暗一樣。

這棟洋館原來有人。

有那名偷偷彈鋼琴的青年。

他到底是誰？

2

我告訴媽媽在洋館裡面看到人的事後，她神情一暗，鄭重告誡我：

「那表示妳不應該再靠近那棟洋館了，懂嗎？妳也不喜歡有人在自己家附近玩探險遊戲吧？」

她說話的語氣簡直像在教導不懂事的孩子。

不管我問誰洋館的事，大家回的話幾乎都跟媽媽的忠告差不多，全都異口同聲地說些不要靠近那裡，不要多管閒事之類的冷淡話語。甚至令我不禁懷疑，大家是不是有什麼事瞞著我。

真奇怪。

那名青年究竟是誰？

無論其他人怎麼說，我有件事必須要搞清楚。

昨晚的鋼琴旋律在我腦海中縈繞不去，但我仍舊想不起來那是什麼曲子。

說不定再聽一次就能想起來。

自那天起，我開始去洋館調查。

隨著我去的次數多了，才逐漸注意到一件事。

洋館白天完全沒有人在此活動的氣息，靜悄悄的，但每當夕陽西沉，天色初暗時，裡頭就會傳出鋼琴樂音。毫無疑問，有人在洋館裡彈鋼琴。不過窗戶全是暗的，乍看之下仍是那個杳無人煙的廢墟。這也是理所當然。一開始只有一扇窗被黑布遮起來，一天天過去，越來越多窗子都被封住了。

不對勁。

這棟洋館到底怎麼回事？

那名青年是誰？

我對他的好奇益發高漲。雖然只看過那張臉一次，卻經常躍入腦海，漸漸就烙印在心上了。對了，乾脆向他搭話怎麼樣？

沒什麼好怕的。他看起來是位個性溫和的青年，應該不可能把我抓去吃掉吧。我有自信。我去鎮上的次數遠比媽媽她們多上好幾倍，算是擅長與人交談。

不過要主動找人家講話，心裡還是有點緊張。我該怎麼起頭呢？只要晚上來洋館，應該就有機會遇到他吧？到時我該說些什麼好呢？

決定要向他搭話那一晚，媽媽似乎察覺了我的坐立不安，一臉狐疑地詢問：

「這麼晚了妳打扮得這麼漂亮，還戴了帽子，不會是打算去鎮上吧？妳最近到底都跑去哪裡做些什麼事？」

「我去哪裡做什麼都無所謂吧？」

「妳該不會——」媽媽滿臉絕望之色地說，「變成不良少女了吧？」

「沒錯，說不定暫時不會回家呢。」

我故意語帶誇張地回話後，媽媽震驚到身子發顫。

「啊啊，妳果然待不住這種小地方……」

我沒耐心再聽媽媽抱怨，逃也似地衝出門外。

秋意已深，夜裡十分寒冷。這種夜晚戴針織帽正好。我將帽緣拉低到眼睛，遮住不想讓人看見的部分。既然待會要去見那位青年，必須用心打理儀容才行。

洋館依然黑漆漆的，好似要融入周遭的黑暗似的。

我才剛踏上玄關，腳下的木板就嘎吱作響，嚇得我立刻向後退。我還沒有心理準備。

對呀，突然敲門叫人家出來也太尷尬了，而且我根本就還不曉得他此時在不在裡面吧？

於是，為了確定他是否真的在屋裡，我決定靜待鋼琴聲響起。

沒想到我左等右等，遲遲都沒聽到鋼琴聲。

今天不彈了嗎？還是那名青年不在裡頭呢？假使他在，晚上突然有人來打擾，會不會惹他不高興啊？

我不禁開始胡思亂想，在洋館四周走來走去。要是被人看到，肯定會覺得我是可疑分子，幸好偏遠的森林根本不會有人經過。

等了半天還是沒聽到鋼琴聲，我耐不住性子了，大膽走近洋館的窗戶。

他應該不在吧。我失望地從一扇又一扇窗戶窺視屋內。現在幾乎所有窗戶都從裡面用黑布遮起來了，看不見屋內的情況。把窗戶全封起來，陽光就完全照不進去了吧？難道白天都是開電燈度日嗎？但晚上電燈看起來又是暗的。

實在是很奇怪。

我看到的那個人該不會是幽靈吧？

繞洋館一圈後，我回到玄關附近。

這時，森林中忽然傳來踩著枯葉走近的腳步聲。

我趕緊躲進建築物的陰影裡。

在黑暗中凝神注視，沒多久，青年的身影就出現在樹林間。是他。他小心翼翼地環顧四周，走上玄關。

我第一次有機會看清楚他的模樣。個子很高，白襯衫上套著一件針織開襟衫，肩膀掛著包包。乍看之下就跟鎮上的大學生沒兩樣，不過混血兒似的五官，白皙的肌膚，讓他看起來像個外國人。那名青年擁有不可思議的魅力。

他進去洋館後沒多久就響起了鋼琴聲，果然是他彈的。

我仍舊躲在陰影裡，原地坐下，聆聽清脆的琴聲。有些曲子我知道，有些曲子很陌生。過了一會兒，那首令人懷念的樂曲傾瀉而出。令人放鬆、喜愛的旋律。我全心感受音樂，眺望皎潔的月亮，此時此刻，「他是誰」、「這裡是什麼地方」，全都成了無關緊要的小問題。

一陣子後，琴聲突然停止。

四周驀地陷入一片寂靜，彷彿洋館進入沉睡一般。我回過神，才發現過了很長一段時間。今天原本是打算找他攀談才過來的，但此刻我才意識到在自己下意識躲起來的那一刻，就注定錯過搭話的時機了。我輕手輕腳地離開洋館，回家去。

躺上床時，心情莫名低落。明明沒有失去任何東西，卻感覺自己犯下了無可挽回的錯誤。

當天晚上雖以毫無斬獲告終，後來我卻在意想不到的地方巧遇他。

有一天，太陽下山後我去鎮上跑腿，採買一些生活必需品。這明明就是小事，可媽媽就是不願意做。不只媽媽，周遭的其他夥伴也都不太樂意離開我們的地盤。該說她們還活在上一個世紀嗎？總之就是想法太老舊了。像我這樣經常跑去鎮上玩的反倒是異類。

採買完畢後，我通常會去逛電子遊樂場。我喜歡要用機械爪子勾起娃娃的抓娃娃機，總要玩上幾局才甘心回家。

那一天，我在電子遊樂場裡走動，物色想要的娃娃。我全副心思都擺在娃娃上，沒注意到其他人的動靜，因此忽略了有一群高中女生站在遊戲機台的暗處聊天，不小心撞到她們。

現場響起短暫的尖叫聲，那些高中女生氣憤地瞪著我，我頻頻鞠躬道歉。

儘管被我打斷了對話，那些女生很快又像什麼都沒發生過似的，用尖細的聲音繼續興高彩烈地大聊特聊。

她們旁邊站著一名身材高䠷的青年，那群高中女生會這麼興奮，看起來就是因為他的緣故。那名青年融入那群女生之中，露出溫煦的笑容愉快交談。

是他！

他就是在那棟洋館裡彈鋼琴的青年。

突然其來的相遇，令我驀地緊張到全身毛髮都豎起來了。他與那些高中女生聊得很熱絡。

我對那些女生產生一股近似嫉妒的情緒。不，那種感受單純到可以用嫉妒這個詞來概括嗎？他為什麼會出現在這裡？為什麼跟那些高中女生這麼要好？話說回來，他到底是何方神聖？好多疑問腦海中盤旋，令我無法冷靜思考。

他紳士地揮了揮右手，向那群高中女生告別，接著極為自然地朝我的方向走來。我慌張別開視線，假裝正在挑選下一個要抓的娃娃。

他在我旁邊停下腳步。

我有種要發生大事的預感。

「妳剛才撞到她們，沒怎麼樣吧？」

溫柔的聲線從頭上傳來。

我膽顫心驚地抬起頭，確定他真的是在向我講話後，才輕輕點頭。

「我、我沒事。」

「這樣呀，太好了。啊，妳已經抓到兩隻娃娃了。好厲害。這個很難抓吧？」

他臉上漾開無邪的笑容，指向我懷中的娃娃。

他一笑，就露出了尖尖的虎牙。可愛極了，簡直是他最迷人的地方了。

一直以來我都相信，有一天會遇見命中注定的白馬王子，此刻，我心底開始猜想說不定他就是那個人。

因為即使還搞不清楚怎麼回事，我已經喜歡上他了。

3

意外遇見他後，我時不時就往電子遊樂場跑。當然是去見他的，也順利遇過他幾次。

他總是在太陽下山後過來，偶爾還很晚，甚至接近半夜才來。我不曾在陽光下看過他，他總是伴隨著黑暗一起出現。

碰見幾次後，我們熟稔起來，站著聊天的時間也拉長了。我跟他會一起玩機台，或是去自動販賣機買果汁喝。

我的目標唯有他一個人，但他眼中並非只有我。他來此的目的似乎是找年輕女孩聊天，講得難聽點，就是搭訕。

不過就我觀察，他對女生並沒有期待任何回報，就是單純享受當下聊天與玩遊戲的樂趣。他舉止紳士，再搭上那張漂亮的臉蛋，在女生中自然大受歡迎。感覺上有不少女生也跟我一樣，是為了見他才來電子遊樂場的。

因此就算我跟他聊上了，他也會立刻被其他認識的女生帶走。

他一離開，我就無比失落。不過一想到自己知道他一個沒有其他人曉得的祕密，內心就充滿優越感。

某天，我不經意地詢問他鋼琴的事。

「欸，你該不會能彈樂器吧？」

「妳為什麼會這麼想？」

「你手指很長、很漂亮呀。」

我說完，他低頭盯著自己的指尖一會兒，微微笑了。

「我試過很多種樂器，但都玩得不好。」他不好意思地說，「別看我這樣，我手很笨。」

「是嗎？你看起來……很會彈鋼琴的樣子耶。」

「沒這回事。」

他搖搖頭，看起來不像在說謊，但也不像說了真心話。他似乎習慣將自己的本性隱藏在美麗的外貌下。

「你幾歲了？」

「嗯……二十歲。」

「比我想的年輕。你平常是做什麼的？」

「祕密。」

他略顯刻意地笑了一下。

「妳咧？妳是做什麼的？」他第一次詢問有關我的事，「這樣說起來，沒看過妳穿學校制服耶。妳高中畢業了嗎？還是所謂的不良少女？不過，妳感覺上又不像拒絕上學的學生。」

「我看起來那麼小嗎？」

「沒有沒有，沒這回事。難道妳其實是位成年女性？」

「其實連我也搞不清楚自己幾歲了，我沒有以前的記憶。」
「喪失記憶？妳的人生這麼戲劇性？」
他雖然感到意外，也沒有露出驚訝的神色，語調沉穩地這麼回我。
「你知道自己的生日是幾月幾號吧？我不知道。我超羨慕別人有生日的。」
「妳最早的記憶是？」
我能清楚記得的，是在森林中的荒廢屋子裡醒來時。當時外頭好像下著大雨，雨點敲擊屋頂的聲音吵雜到簡直是種聽覺暴力了。我躺在潮濕的地板上，睜開眼時，周遭圍繞著許多奇妙的生物，正興味盎然地盯著我。牠們的眼睛很大，眼尾又長，耳朵長在頭上面。我嚇到跳起來，結果那些奇妙的生物也受驚了，紛紛消失在廢棄屋子的陰影裡。
「很怪的故事吧？不算是什麼好回憶。」
我怕他認為我是怪咖，那群奇妙生物的部分就只好含糊帶過。
「是喔。那選個妳喜歡的日子當作生日不就得了。不知道年齡很不方便吧？」
「說的也是。」
「妳是怎麼活到今天的？生活中不是常常被問到年齡嗎？」
「呵呵，我住的地方不太在意這種事，還行。」
每當有年輕女孩進出店裡，都會向我身邊的他打招呼。至少現在這一刻我獨占他一個人，這項認知令我竊喜。

不過美好的時光十分短暫，一群高中女生硬是把他拉走了。他面露為難的笑容朝我揮手，回到店裡。

剩下自己一個人後，我決定乖乖回家去。

我還有很多事想問他。

像是那首鋼琴曲。

那首曲子肯定是我失去記憶前的回憶。如果能知道曲名是什麼，說不定就能成為尋回記憶的線索。

有一天一定要問他。

我的祕密跟他的祕密有所關聯。肯定如此。沒錯，這個世界上充滿不可思議的神祕巧合。

媽媽似乎不太認同我天天往鎮上跑的舉動，找了附近的一些夥伴商量這件事。

我窩在房裡嘔氣時，媽媽來到我房裡，臉上神情顯示出她正打算來一場嚴肅的談話。

「妳最近好像常去找洋館裡的那個男生？」

媽媽努力讓語氣平和。

「是啊，不行嗎？」

我則一開始語調就充滿挑釁。

「如果要說行不行的話，不行。」媽媽的語氣透著決心，斬釘截鐵道，「我說過了吧？不能跟他扯上關係。妳正在犯錯。為什麼偏偏選上他呢？」

「妳知道他嗎？」

「不……不知道。但如果是他們，那我就清楚得很。」

「他們？」

「不能和他們有牽扯，是這裡的規矩。」

「妳又要搬出這種大道理，把我關在這裡了吧？」我也火了，「妳到底以為他是誰！」

我衝出家門，在森林中狂奔，想離媽媽越遠越好。現在去鎮上還太早，太陽還高高掛在天上。我無處可去。

因此，在百般猶豫之下，我決定造訪那棟好久沒去的洋館，一方面也是想表達對於媽媽的抗議。

洋館一如先前斑駁老舊，彷彿時光靜止似地安穩矗立在那兒。一樓的窗乎全都從裡面封起來了，再也不能窺探屋內的情況了。

我自暴自棄地跑上玄關。好想見他。那股渴望擊倒了我的自制力。

我放任自己敲門。沒人應聲，我伸手去抓門把，沒想到門輕易地開了。

「那個……有人在嗎？」

他不在嗎？

我戰戰兢兢地問，第一次踏進洋館裡。

大概因為窗戶全都封住了，屋內宛如夜晚般黑暗，從玄關射進的光線照亮走廊。那道光束裡懸浮著數不清的灰塵。

從內部荒廢的程度看來，這裡應該沒有人住，不過殘留在地板上的鞋印還很新。

此刻我才終於開始懷疑，他平常都在這裡做些什麼？

仔細想想，每次遇到他都是晚上。一到夜晚，他就去鎮上物色年輕女子，或者在洋館裡彈鋼琴。白天呢？我不知道白天他都去了哪些地方，又做了些什麼。

還有洋館內部的改變，究竟是怎麼一回事？簡直像是厭惡陽光從窗戶射進來似的。

我在走廊上前進，小心避免發出任何聲響。

這裡說不定藏著他的祕密。而他的祕密，極有可能與我的記憶之謎有關。

媽媽她們畏懼的他——

我喜歡的他。

應該揭穿那個祕密嗎？

有必要了解心上人的所有事嗎？

話說回來，根本不可能徹底了解一個人。這樣的話，不管對方是妖怪，或是真面目不明的怪物，還不是都一樣。這些問題用愛就能解決。至少，我是如此深信。

我終於找到擺放鋼琴的那間房。

不大的房間裡放著一架直立式鋼琴，四周打掃得很乾淨，顯然經常有人使用這個房間。琴旁放了一張小圓桌，立著一根燒過的蠟燭。

遮住窗戶的果然是類似遮光窗簾的布幔，還用看似書架的家具壓著。書架裡塞滿了揉成一團的床單。

室內改造不只這樣而已，牆壁還釘上了夾板，這程度有點超過，有必要強化房間到這種地步嗎？

我走近那架鋼琴，打開琴蓋。琴鍵老舊骯髒，但似乎無損樂器本身的性能。證據就是，琴鍵能直接按到底，熟悉的音色鑽進耳裡。

那名喜歡跟年輕女孩聊天的青年，躲在這間烏漆抹黑的房間裡彈琴時，都在想些什麼呢？那股纖細又神祕的氣質，跟來者不拒的花花公子行徑，兩者間的落差更是令我沉淪。

我決定去其他房間瞧瞧。

在光線透進不來的房裡移動十分困難。他平常也是在這種艱難的情況下活動嗎？逛了幾個房間，每間都荒廢了，但沒有什麼顯著的異狀。只是窗戶全都封起來，暗到讓人幾乎要以為現在是晚上。

最後去的那間房，正中央擺著一個大箱子。薄薄的箱蓋沒蓋好，裡頭的白被單都跑出來了，而那道縫隙裡黑漆漆的。

這箱子真的很大，是運輸用的木箱吧？看起來很像是體積龐大的雕像或藝術作品用緩衝材料包好後會放進裡面的那種箱子。此刻橫放在房間的正中央，看起來簡直像一具棺材。

我很好奇箱子裡頭裝了什麼，躡手躡腳走近。

伸長了脖子，從縫隙中窺視。

太黑了，什麼也看不見。

我有種不好的預感。

我雙手顫抖地緩緩推開箱蓋。

箱裡盈滿了宛如液體般的黑暗。箱子內側鋪上了白布，躺著一個人。

仔細一看，是那位青年。

青年雙眼闔上，似乎正在熟睡，雙手交叉擺放在胸前，淹沒在箱裡的黑暗之中。那個身影令人聯想到極為優美的世界名畫《奧菲莉亞》。

我因眼前的畫面心生恐懼，卻又發出觀賞美術品時不由自主的喟嘆。他蒼白著臉沉睡的身影，有一種近似玻璃精工脆弱又細緻的美感。

我忍不住朝他的臉頰伸出手指。

渴望觸及他纖長睫毛尖端的衝動驅使著我。

然而我霍然恢復理智，縮回手。

迅速將蓋子挪回原處，離開現場。逃跑似地衝出洋館，回到森林中。

他到底是誰？

知道越多，他卻越顯得撲朔迷離。

這就是所謂的愛情嗎？

4

我前往鎮上。

在常去的咖啡廳啜飲咖啡歐蕾，等待太陽下山。不到晚上，他多半不會出現。我想問他的事多得要命。

我手肘撐在桌面上，出神地想著一些事，沒注意到媽媽不知何時已坐在眼前。

「哇，嚇我一跳。」

「妳反應也太遲鈍了。」媽媽傻眼道，「看來妳腦袋都要燒壞了。」

「妳專程來取笑我的嗎？」

我噘起嘴。

「不是。看在妳跟我的交情，有些話想先提醒妳。」媽媽點了牛奶，像我一樣手撐在臉上，「該怎麼說呢……我們只是想安穩過日子，所以就算多少有些事必須忍耐，也只好忍著。儘管如此，我們也不會為了村子的存亡就優先考慮犧牲夥伴，這一點，妳能懂吧？」

「……嗯，我懂。因為有妳們大家，我才能活到今天。這件事，我一直感激在心。」

「那我在這個前提下繼續說，我認為妳這些擅自的行動很危險，才會不小心講了一些類似說教的話，但那也是因為我很為妳著想。」
媽媽伸手摸頭，調正戴不慣的帽子。
「這個我也懂。」
「這樣啊，那就好。」媽媽溫和地笑了。「無論發生什麼事，妳都是我們的夥伴。」
我輕輕點頭。
看來我遠比自己以為得還讓媽媽擔憂。
「妳待會要去找他嗎？」
「嗯，但我也不曉得他會不會來。」
「最後再讓我講一句。一件事要開始之前，肯定會伴隨著結束。但結束之後，不見得會有開始。」
「這是警告？」
「不是，只是戀愛的教誨。」
「這樣啊……」
「祝妳好運。」
媽媽把桌上那杯都沒動過的牛奶一口氣喝乾，隨即離開咖啡廳。不知道為什麼，我覺得這似乎是我們最後一次碰面了。
回過神，我才發現自己手裡一直握著那個護身符，這是我情緒不安時的習慣。

這個護身符是失去記憶的我在醒過來時，身上唯一擁有的物品。換句話說，它代表了我的過去。是出於這個緣故嗎？我握著它時，總能感到安心。

手工製的十字架與鈴鐺。沒辦法光靠這些東西了解我的過去。

窗外天色漸暗。

我離開咖啡廳，朝常去的那家電子遊樂場走去。

他今天是否會來呢？

假設真的碰到面，我要說些什麼？像平常一樣聊些無傷大雅的話題？還是提及他彈琴的事？甚至是那具棺材？

我腦中轉著各種有關他的事，在街道上漫步。

發現正前方有一張熟悉的臉龐正朝自己靠近。

是他。

我忍不住「啊」地驚呼，朝他揮了揮右手。他似乎也注意到了，帶著愉快的笑意，小跑步過來。

「嗨，失去記憶的小姐。」

「晚安，只有晚上出沒的先生。」

我俏皮回應，他誇張地聳肩。此刻的他跟白天在棺材裡睡覺時的感覺截然不同，舉止皆透出少年氣息。

「說起來，我還不知道妳的名字。妳失去記憶時也把名字忘了嗎？」

「沒錯，我沒有名字。」

「那我要怎麼叫妳才好？妳身邊的人都叫妳什麼？」

「叫『妳』或『欸』……不太熟的就叫『新來的』。」

「『新來的』啊。」

不知不覺中，我們並肩走在擁擠的人潮中，方向雖與電子遊樂場相反，我還是配合著他的步伐。

「沒有辦法找回妳的記憶嗎？」

「嗯……我也一直在想這件事……像是這個護身符，好像是我失去記憶前就有的，或許能成為想起過往的線索。」

我將一直握在手中的護身符拿給他看。

他先是興味盎然地望向我手中，接著表情忽然凝重起來，臉色越來越白。

「這……這個，妳……為什麼……？」

「咦？」

「妳為什麼會有這個？」

「是我失去記憶前就有的東西，我想應該跟我的過去有關，只是……細節我就不曉得了。」

「這個，怎麼可能……」

他抗拒似地搔頭。

臉上流露出迷惑的神情。

「這東西怎麼了嗎？」

我將十字架的護身符舉到他面前，他別開臉，皺起眉頭。

「這、這個護身符是妳的東西？」

他略顯焦躁地問。

「我不知道，當初醒來時就掛在脖子上了，應該是我的。」

「掛在脖子上？」

「嗯，當時鈴鐺還會響，現在已經壞掉，發不出聲音了……」

「這樣啊……」

他應聲時已經半陷入自己的思緒，倏地抓住我的手臂。

「我們去沒人的地方聊一下。」

第一次被他觸碰，我內心小鹿亂撞。他急切的神情令我更加緊張。

「那個……要去哪裡？」

他拉著我的手臂離開鎮上的大馬路，行人逐漸稀少，他才終於放開手。

「我有事想問妳。」

我搞不清楚狀況，慢吞吞地跟在他身後。他平常就很神祕了，今天更是特別令人無法捉摸。

不知何時我們已經走出鎮上，來到森林附近了。

我當然也察覺到了此刻的情況。

「你該不會是想去那棟洋館吧？」

我朝著他的背影發問。他站定，轉過身，一臉訝異地點頭。

「妳知道……那棟洋館啊？」

「何止知道。」我總算有機會坦白，「我在洋館裡看見你好幾次。」

「是嗎……我還以為沒人發現，看來果然是我想得太美了。」

他說完這句話，又邁步向前。

我跟在他後面。四周黑漆漆的，連個路人都沒有了，假使下一刻我就消失在世界上，也不會有人發現吧？

我們走向森林深處，林裡枯黃的樹木捎來冬季的氣息。

「我一直很注意你。」

我朝著他的背影說。正因不是面對面，才說得出口。

「我也知道你晚上都會彈鋼琴。不過，你，到底是誰？」

「你問我是誰？」他微微搖頭，接著低聲道，「比起這件事，我更想知道妳是誰。」

他誘惑般的聲音令我心底微微顫動。我很清楚那份情感不單單只是歡欣，還包含著面對未知油然而生的巨大恐懼。

他帶我一路走過來，到底打算做什麼？

即使不清楚狀況，我也不曾考慮過跟他走以外的選項。

沒多久，洋館出現在幽暗樹林的另一端。熟悉的那棟洋館，因為跟他一起來，此刻看起來別有另一番風貌。

「我是誰？」他邊說邊走上玄關，打開門，「我先回答這個問題好了。」

「你願意回答？」

「當然。」

我們在昏暗的走廊上前進，半路上，他打開小型的筆型手電筒。那團光點好似搞錯季節的螢火蟲，在一片黑暗中搖擺不定的飄浮著。

我們終於來到鋼琴所在的那間房，他靈巧地用火柴點亮蠟燭。

「我就是在這裡彈琴。」

他說。

「嗯，我聽過好幾次你的琴音了。不過你為什麼要把窗戶都封起來？簡直像在躲避陽光——」

說到一半，我霍然想到一件事。

「你該不會是討厭陽光吧？」

「我是不喜歡，但我不是怕曬黑才封窗戶的。」

「那為什麼要把這棟屋子的窗戶封起來？」

「為了避免聲音傳出去。」

「聲音……？」

「鋼琴聲會傳出去吧？所以我一開始就先設法在窗戶上做點隔音。說得很厲害的樣子，其實就只是用這裡現成的物品自己弄一下而已，還有牆壁我也稍微加工過了。」

他叩叩地敲了幾下牆壁，雖然不曉得到底有沒有效果，但應該總比什麼都不做來得能夠隔音。

「可是，你為什麼要隔音？」

「當然是防止聲音傳到外面。只是既然妳都聽見了，顯然成效不怎麼樣就是了。」

「鋼琴聲傳出去有什麼關係，這裡又不是公寓或住宅區，沒有那些怕吵的敏感人種。」

「是這樣說沒錯。如果這裡是我家，那的確不需要隔音。可惜並不是。」

「什麼意思？」

「我不曉得這棟洋館的主人是誰，就擅自闖進來，擅自借用人家的鋼琴。換句話說，就是所謂的非法入侵。僅管這裡已經荒廢了，但法律上白紙黑字寫得清清楚楚。要是被人發現，對方可能會報警，所以我才會慢慢搭建這些隔音設備，避免有人注意到鋼琴聲，說不定還要因此再加上一條毀損器物罪。」

「你為什麼要做到這種地步？」

「當然是因為想要練琴啊。」

「練琴。」

「對。妳剛才問我是誰，對吧？答案很無聊，我就是個想考上音樂系的重考生。」

「重考生？」

「為了考上音樂系，我必須練琴。但我沒錢，鋼琴又很貴，我買不起，煩惱了很久。前陣子聽重考班同學提起，他們晚上去探險的廢墟裡，有一台鋼琴。」

「為什麼你只在晚上練習？」

「我沒錢，白天要打工賺生活費跟未來的學費，下班後就來這裡練琴，回家前再去電子遊樂場放鬆一下。這就是我的生活。我不是妳懷疑的任何人，就是一個平凡無奇的重考生。」

「原來是這樣啊……」

就算得知他的祕密，我也不覺得幻滅，反倒因為終於能了解他的生活而暗自開心。

原來根本沒有什麼可疑的謎團。

「對了，今天下午你在這邊睡覺吧？」

「咦？連這個也被妳看見了？我睡得太熟了沒發現。今天剛好不用打工也不用去重考班，我白天就過來了，只是最近太累了忽然好睏……就在附近房間簡單做了一張床睡一下。」

「還特地蓋蓋子？」

「萬一我睡著時有人進來怎麼辦？這一看就知道是非法入侵。玄關的鎖壞了，門沒辦法上鎖，我才只好把自己藏起來……」

「啊啊，原來如此，你只是躲起來睡覺啊？」

「嗯。」

「什麼嘛。我還以為你肯定是妖怪或吸血鬼。」

「吸血鬼？妳到底為什麼會有這種誤會？」

「森林裡的大家都講一些恐怖的話嚇我，叫我離你遠一點。」

「森林裡的大家？」

「嗯，我平常就跟她們一起生活。」

「妳從什麼時候開始住在那裡的？」

「我失去記憶醒來後，就一直住在那裡。她們救了我以後，我就一直跟她們一起生活。跟我住在同一間屋子的夥伴叫作『媽媽』，她也不曉得自己真正的名字。只記得以前大家都叫她媽媽，所以現在就沿用『媽媽』當作稱呼……」

「輪到我發問了，妳到底是誰——」

「我說過了，我失去記憶了……」

「妳記得這首曲子嗎？」

他無預警地掀開琴蓋，優美指尖宛如撫過琴鍵般開始彈奏。

是那首曲子！

我很熟悉的曲子。

好久好久以前曾在某個地方聽過的那首曲子。

「這是我小時候鋼琴老師教我的練習曲，不是什麼名曲，而是老師特別配合我的程度寫的曲子，沒有幾個人聽過。」

他華麗地奏完樂曲後，轉頭看向我。

「妳聽過嗎？」

「其實……有。我覺得很懷念。但我完全不記得是什麼時候，在哪裡聽到的。」

「是十年前。我記得很清楚。那陣子我們家裡養了一隻貓。我從路旁撿回來一隻全身髒兮兮、喵喵叫個不停的小貓，才開始養的。我每次彈那首樂曲，她就一定要來搗蛋刷存在感。我幫她做了一個項圈，跟妳說是護身符的那東西長得很像——」

我拿起胸前的護身符。

早已消失的記憶模模糊糊地開始甦醒。

隔著一層透明卻很厚的膜，朦朧地看見一些幸福的往日時光……

「她充滿好奇心，常跳到鋼琴上惡作劇，還會用力敲琴鍵，所以我給她取了一個名字，是代表『強』的音樂記號——FORTE。」

這個名字我的確有印象。

「後來我就模仿FORTE的記號『f』，幫她做了一個項圈。但後來沒過多久，我爸爸的事業出了問題，我們幾乎是連夜舉家逃跑。很遺憾，當時不得不把FORTE留在家裡。我自然是大哭著反對，可是爸媽說家裡已經沒有餘力養貓了……我那時只是一個小朋友，什麼都做不了。」

我記得。

當我醒來時，我喜歡的那個人已經不在了。

我絕望地走出屋子，飢腸轆轆地在外頭晃蕩。

不久後降臨的空白意識，就是令人聞風喪膽的「死亡」。

「我真的很對不起FORTE，直到今天我想起這件事還是會想哭。」他說完，朝我走近一步，「雖然這種事太超乎常理了，但妳手上那個護身符怎麼看都是我做的那個項圈，也就是說，妳——」

「嗯，一定是。」

我深信不疑地點頭。

「可是，不可能有這種事。」

「你認為不可能嗎？」

我緩緩拿下針織帽。

露出不能讓人類看見的部分。

「耳朵……？妳頭上那個是……貓耳朵……？」

我輕輕晃動頭上的雙耳。

「好像是這樣沒錯。森林裡的大家也都有喔。她們原本都是跟人類一起生活很久的貓咪，或者是對人類懷抱深厚感情卻不幸過世的貓。據說這樣的貓咪會像我們一樣，變成『外型酷似人類的貓』回到這個世界。我想自己一定也是這樣，但因為不記得從前的事，所以不是很清楚。不過現在好像終於能想起來了。」

「妳真的是——」

「嗯，讓我報答你。當年你帶我回家，我今天才能好好地出現在這裡，也能想起自己的名字。」
「不，我才應該要贖罪。是我害死妳的。」
看到他一臉要哭出來的樣子，我忽然萌生想惡作劇的念頭。
「既然這樣，那你跟我交往吧。」
「交、交往？」
他驚訝得聲音都變了。
「因為人家很喜歡你啊。」
「是、是喔？」
「你討厭耳朵長在頭上，屁股後面有一條尾巴的女生嗎？」
「不，這，從來沒遇過這種類型，所以我也不曉得，不過……我認為妳很有魅力喔。」
「好開心。那你願意跟我交往嘍？」
「嗯、嗯。」他的表情還帶著幾分困惑，但仍舊使勁點頭，就像在表明自己的決心，「我發誓這次不會再拋下妳了。」
「太棒了！」
老實說，我也因為這戲劇性的發展而感到有點困惑。
不過，有件事我下定決心了。
就把今天當作我的生日吧。

希望無論明年或更久以後，我們都能幸福地在一起。
我握緊護身符，在內心默默祈禱。

NIL 37／冰冷的轉學生

原著書名：つめたい転校生
作者：北山猛邦
原出版者：KADOKAWA
翻譯：徐欣怡
編輯總監：劉麗真
責任編輯：張麗嫺
總經理：陳逸瑛
榮譽社長：詹宏志
發行人：涂玉雲

出版：獨步文化
城邦文化事業股份有限公司
104台北市中山區民生東路二段141號5樓
電話 (02) 2500-7696　傳真 (02) 2500-1967

發行：英屬蓋曼群島商家庭傳媒股份有限公司城邦分公司
台北市中山區民生東路二段141號2樓
網址 www.cite.com.tw
讀者服務專線 (02) 2500-7718 ; 2500-7719
24小時傳真服務 (02) 2500-1990 ; 2500-1991
服務時間 週一至週五 上午09 : 30-12 : 00 下午13 : 30-17 : 00
讀者服務信箱E-mail service@readingclub.com.tw
劃撥帳號 19863813　戶名 書虫股份有限公司

香港發行所：城邦（香港）出版集團有限公司
香港灣仔駱克道193號1樓東超商業中心
電話 (852) 25086231　傳真 (852) 25789337
E-mail hkcite@biznetvigator.com
馬新發行所：城邦（馬新）出版集團
Cite (M) Sdn Bhd
41, Jalan Radin Anum, Bandar Baru Sri Petaling,
57000 Kuala Lumpur, Malaysia.
電話 (603) 90578822　傳真 (603) 90576622
E-mail cite@cite.com.my

封面設計：高偉哲
封面插畫：SUI
排版：陳瑜安
印刷：中原造像股份有限公司

2021年9月初版
2023年11月14日初版二刷
售價：280元
ISBN 978-986-55808-7-2
ISBN 978-986-55808-6-5（EPUB）

國家圖書館出版品預行編目資料

冰冷的轉學生／北山猛邦著；徐欣怡譯．– 初版．– 臺北市：獨步文化，城邦文化事業股份有限公司出版：英屬蓋曼群島商家庭傳媒股份有限公司城邦分公司發行，民 110.09

面；公分．--（NIL；37）

譯自：つめたい転校生

ISBN 978-986-55808-7-2（平裝）

861.57　　110011779